당신은 왜 산을 오르십니까?

당신은 왜 산을 오르십니까?

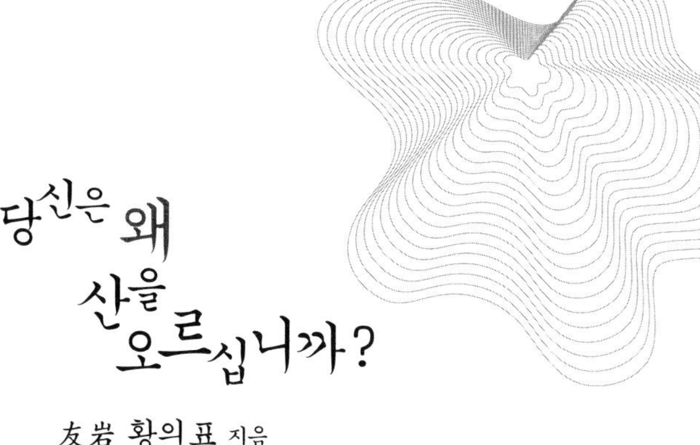

당신은 왜 산을 오르십니까?

友岩 황의표 지음

깊은솔

산을 좋아하는 사람에게

저는 시인이 아닙니다.
수필가도 아닙니다.
이 글은
하도 산이 좋아 산을 오르다
산이 아름다워 산을 오르다
흙 냄새 맡는 농부처럼
산 냄새 맡으며,
소쩍새 소리 듣는 소녀처럼
산 소리 들으며,
날아 가는 나비 보고 손짓하는
어린 아이처럼 산 풍경 바라보고
손짓하다 느낀 것을
적은 글입니다.
순서와 엮을 줄도 몰라서
느껴 오는 첫 사랑처럼
산과 내 사랑의 일기처럼
적은 글입니다.

산이 보는 사람의 세상

사람이 보는 산의 세상

나의 등산 철학

등산 예찬

당신은 왜 산을 오르십니까?

하도 산이 좋아
산을 오르고
산이 아름다워
산을 오릅니다.

산 냄새 그리워
산을 오르고
산 소리 듣고 싶어
산을 오릅니다.

원시 풍습으로
살고 있는 산.
거기 그 산 있으니
산을 오릅니다.

산을 선물합니다.

당신에게
높고 푸른 광활한 하늘
우뚝 솟아 오른
푸른 산을 선물합니다.
덩치 크고 육중하지만
한 번 안아 보고
마음에 담아 보세요.
세상이 아름다워집니다.

너무 멀리
내려와 버린 에덴동산
되새겨 보는
마음으로 산을 올라 보세요.
산 속 천사들이 따 주는
열매 먹어 보세요.
근심 고통 사라지는
평화의 근원 스며 옵니다.

이렇게 좋을 수가!

그 사람이
산을 오르고 있네요.
그러면 오늘은 틀림없이
휴일일 거예요
휴일은 그 사람의 날이고
느낌의 날이니까요.
혼자서 산을 오르고 있네요.
그렇지만 외롭지 않을 거예요.
외로움은 그 사람의 다정한
친구이고 산 식구들은
더 다정한 가족이니까요.

그 사람은
산자락 계곡 능선에
주렁주렁 매달린 즐거움
따고 싶어 산을 오르고 있나 봐요.
눈, 귀, 코, 입, 배낭에
즐거움을 차곡차곡

주어 담고 있네요.
이마의 땀방울 거둬 가는
시원한 산바람 붙잡고
그 사람은 외치네요.
"향기로운 산바람아!
멈추지 말아 다오.
오! 내 행복이여!
이렇게 좋을 수가!"

그 사람은
이 세상 사람이 아닌가 봐요.
산신령과 이야기하네요.
"마음 비우면 금도끼 은도끼가
무슨 소용이냐?"고
산신령 말씀하신 소리 들려오네요.
나무들과 손잡고 천사처럼 춤추네요.
산새들이 온갖 사랑 담긴 노래 부르며
그 사람을 유혹하네요.

그 사람은 바위에 앉아
어린 풀잎에 동요 불러 주네요.
"오! 천국이여! 이렇게 좋을 수가!"

그 사람은
산을 움직이고 산은 그 사람을
움직여 하나 되는 세상 만드네요.
오늘은 이 세상 좋은 일, 즐거운 일
그 사람에게 다 모여 있나 봐요.
온 산에 자유와 평화 사랑의
노래가 울려 퍼지네요.
그 사람은 푸름 타고 산꼭대기로
날아오르네요.
아마도 쉬어 가는 구름에 올라 앉아
산 풍경 그리려나 봐요.
그 사람은 또 외치네요.
"오! 내 행복이여!
이렇게 좋을 수가!"

당신은 왜 산을 좋아하십니까?

진정 설명할 수 없는
엄마 좋아하는 마음.
그 같은 마음으로
산을 사랑하기에
산을 좋아합니다.

문명의 광기 없고
문화의 체면이 없는
간섭이 없는 곳.
느낌의 먹이만 주는
산을 좋아합니다.

거짓에 속을 리 없고
욕심에 휘말리지 않으며
있는 대로 없는 대로
원시의 몸짓으로 사는
산을 좋아합니다.

조화로 엮어진 풍경에
시와 노래 흐르고
순리로 접한 산길에
내 가야 하는 길 보이는
산을 좋아합니다.

산 냄새

한 줄기 삶이 고단할 때 생각나는 어머니
냄새처럼 살포시 스며 오는 산 냄새.
사랑이 그리울 때 연인 향기처럼 다정히
묻어오는 산의 체취가 외부 세계 물리치고
세속 잠들게 합니다.
부질없이 우울하고 수시로 쥐어짜던 슬픔과
고통도 오묘하게 사라져 갑니다.
천사들의 몸짓에서 배어 오는 자유, 평화,
사랑의 내음, 거침없이 들이마시니 모처럼 족쇄,
멍에, 풀리는 새로운 삶의 나그네 길이
향기롭게 펼쳐집니다.
원시의 산 흙 내음 적시는 등로 길에
천사들이 향로 흔들고 갑니다.
그 천국의 향기가 내 인생에 반성과
참회의 기회로 스며 옵니다.
지금 막 내 영육에서 사라져 가고 있는
하찮은 일들, 자질구레한 일들이 있었던
그 때 그 무렵 조금만 더 참고 체면이나

위신, 욕심, 부리지 않았다면 지금 내
몸에서도 산 냄새 같은 채취가
묻어나올 것을~.
과오 저지르고 뉘우치는 저에게 늦게나마
잠시라도 속세 떠나 산 찾아 온 의미를 갖개 합니다.

세월 따라 산 따라 윤회하며 부활하는
계절의 향기 피어나기에 이 세상인심이
향기로워집니다. 푸른 나뭇가지 끝 일렁이는
싱그러움에 취한 산새들은 저렇게
목소리도 고와지나 봐요.
평화로운 아침 햇살에 의식 회복하는
약초냄새, 송진냄새, 더덕냄새, 산 꽃 내음이
마치 천사와 만나는 통로 열어준 것 같습니다.
덕을 풍기는 현자처럼 눈길 주는 암벽
바위가 수신修身의 향기로 이 마음 비우게 합니다.
말없이 정을 주고 화음으로 다가 오는
산 냄새 내 인생의 향기랍니다.

산의 소리

잡힐 듯 다가오다 아련히 멀어져 가는
산골짝 메아리, 섭리의 소리이기에 날로
사나워져 가는 사람들의 목소리
무릎 꿇고, 안하무인이 되어 버린
문명의 소리들이 추앙의 산신제 올립니다.
밤이슬처럼 음악처럼 흐르는 산의 숨소리,
색동저고리 아이같이 웃으며 다가옵니다.
심연으로 빠져드는 그대
음악이 이토록 정을 주고 감미로울 줄은,
현대인으로서는 크나큰 행운이지요.

항시 어디선가? 천국의 선율이랄까?
잔잔하게 다정하게 현의 소리처럼
튕겨 오는 산의 소리.
산 식구들이 삶의 기쁨 찬양하는 노래랍니다.
우거진 가지 사이에서 속삭이는 나무들의 목소리,
심산유곡 애무하는 맑은 물소리,
산새들의 부드러운 노래,

푸름 간지럽히는 산바람,
저음으로 굴러가는 낙엽,
바스락 거리는 생명의 소리들이 조화롭게 어울리는
자연의 교향곡이 흐르는 음악의 세상이랍니다.

작곡가도 지휘자도 악기도 없이
계절의 아름다운 색채에 곡조
붙이고 감미로운 연가 부릅니다.
감동한 나무들이 춤추고 산 꽃 옆에
앉아 있는 바위들도 어깨 들썩입니다.
산봉우리도 고개 끄덕끄덕 웃음 짓지요.
이 천사들의 몸짓에 어찌 꾸밈이 있으리오.
화음으로 노 저어 가는 세상이랍니다.

시간과 소리가 멈추는 겨울 산은
앙상한 나뭇가지에 햇빛으로 오선 그리고
하얀 눈꽃으로 음표 붙여
새봄 잉태하는 부활의 노래 작곡 합니다.

하지만 사나운 겨울바람은 차가운 노래 불러 댑니다.
어린 가지들이 휘어지도록 인고의 노래 열창합니다.
마치 내 겪어야 할 내 인고의 노래
대신하여 불러 주듯이.

산의 아름다움

사방 천지 산세로 어우러진 한반도 산상山上,
그 위에서 바라보는 산상의 풍경은 그 누군가
모나리자를 평하듯 '아름답다' 는 형용사가
딱 붙어서 떨어질 줄 모릅니다.
대지 위에다 그려 놓은 한 폭의 풍경화 같은
이 아름다운 경관은 아마도 섭리자의 손으로
그려진 신비의 작품인 것 같습니다.
아니 지구의 역사 45억년이란 영겁 속에서
섭리자도 모르게 만유의 조화로 이뤄 온
아직도 미완성의 현전現前하는 '자연미' 라 할까?

말 없이 이 땅의 수호신처럼 동서남북 육중하게
솟아 있는 산의 모습들이 만물의 형상 연상케 하고,
현자처럼 인자해 보이는 산의 표정들이
사람들의 얼굴만큼이나 다양해 보입니다.
친구처럼 무릎 맞대고 가족처럼 서로 껴안는
크고 작은 산들,
애정의 눈길 주고 받으며 미소 짓는 산봉우리,

그 위 쉬엄쉬엄 지나가는 가벼운 하얀 구름,
여인의 곡선미처럼 영묘하게 이어져
지평선과 입 맞추는 연봉 능선,
여미는 옷깃처럼 발 끝 서로 맞대하여
지륜의 끈 이어 가는 산골짝,
이 입체화의 여백으로서 우주의 인력
끌어당기는 광활한 하늘,
정묘한 화법으로 온 산에 색채 부여하는 태양,
대자연의 순리에 순응하는 자태로
아련히 어울리는 들과 마을,
산과 산 사이에 일렁이는 원기,
그들만의 언어와 사랑이 흐르는 아름다운
산의 세계가 천국처럼 펼쳐 있습니다.

어느 한 군데 꾸밈이라곤 전혀 없는
있는 그대로가 매료되는 산의 아름다움이니
어찌 이에 반하지 않으리오.
조용하면서 움직이고, 움직이면서 조용하고

변모하면서 그대로이고, 그대로이면서 변모하는
철 따라 순간순간 새로운 창성으로 이루어지는
저 절묘한 산의 아름다움이 환상이 아니기에
난 순간의 감동 외쳐 봅니다.
"화사한 아침 햇살에 미소 짓는 산봉우리여!
거대한 한 송이 꽃처럼 아름다운 그대 얼굴에
내 입 맞춤을 허용하소서!
망망 대지에 자유롭게 피어 있는 산자락 계곡 능선이여!
그대 품 안으로 이 허리 잘라질 정
힘껏 안아 주소서! 태양이여! 구름이여!
내 손 끌어 잡고 푸른 하늘 함께 걸어가며
이 세상 산의 아름다움 내려다보게 하여 주소서!"

미의 추구가 없다면 이 몸 다른 동물과 무엇이 다르랴?
난 산상의 날개 접고 미美의 고향 산 속을
걸어 오릅니다.
이제 현대 문명의 상징인 한 도시의 현대인이
이 시각에도 원시의 풍습으로 살고 있는

산 흙 밟아 오릅니다.
천국과 지옥의 경곗선 등로 입구 넘어서
진, 선, 미 등불 켜 있는, 천사들이 살고 있는
대자연의 사원으로 들어갑니다.

맑고 신선한 산 공기가 인간의 영혼을
이토록 상쾌히 정화시켜 준다는 사실은
등산을 통한 새로운 발견으로
내 삶의 진실을 한 차원 높여 줍니다.
눈에 보이지 않는 집시 산바람이
부드러운 촉감으로 날 영접합니다.
푸른 보석의 편린처럼 나부끼는 나무 잎사귀들이
환영의 춤추고 산새들이 고운 목소리로
서막 열어 줍니다.
푸른 숲 속에서 침묵의 세월로 고화된 바위들이
산 꽃 옆에서만은 소리 없이 시 읊습니다.
개울물이 깊은 산골짝의 숱한 사연을 달래 주는 듯
곡조있는 음악으로 울려 퍼집니다.

기암절벽은 아직 미완성이어서 이 순간에도
신비의 미로 향해 다듬는 소리 메아리칩니다.

산과 나 하나 되는 사이에서 태어난 산의 아름다움
느끼는데 무슨 학식이나 지성이 필요합니까?
있는 대로 보이는 대로 느끼는 대로
아름다운 산의 세계입니다.
하지만, 그 아름다움이 우리 모두의 것인데
나 혼자 바라보고 느끼는 일이 어떤 때는
너무도 소중한 그 무엇인가를 훔쳐보는
것 같아서 죄스럽기까지 합니다.
그래서일까? 이 같은 풍경의 아름다움을
우리 모두의 양식으로 길이 간직하고 싶어,
인간세계에 시와 음악, 회화 같은 것들이
태어났나 봅니다.
이 소중한 산의 아름다움을 읊조리고
그리는 예술이 살고 있나 봅니다.

당신은 왜 산을 내려오십니까?

땅 거미가 하산 길 밝히고
온 종일 푸른 능선 온화하게 태우던 태양이
황혼에 빠져 죽지 않으려 몸부림칩니다.
겁이 난 하늘도 사립문 닫기 시작하고
대지는 밀물처럼 밀려오는 어둠의 전위대에
차례로 무릎 꿇어 갑니다.
나에겐 속세 떠나는 거주이전의 자유도 없지만
산 식구 사는 곳엔
"내 묵을 어둠의 둥지가 없다"고 ～.
저녁노을 흔드는 산사의 종소리 울려옵니다.
산골짝 메아리도 허공에서 날개 접고
푸른 잎사귀마저 눈빛 감추니 개울물 따라
산을 내려옵니다.

산과 난 지구상의 한 가족이지만
분가하여 살고 있습니다.
석양이 비치는 산기슭 저 하얀 지붕 밑에
"있는 대로가 아닌 하고자 함으로" 살아가는

내 세상이 있습니다.
등로 입구 벗어 내려가면 푸른 숲 속
신선한 잔영들이 녹슬기 시작합니다.
그러한데도 – 근심, 걱정, 속박의 싹이
차츰차츰 돋아난다 해도 그 삶의 맛이 달콤하고
문명의 악우惡友들에 빠진다 해도
그들과 함께 하는 삶에 아찔한 환희가 있기에
산을 내려옵니다.

하지만 내 가슴엔 항시 산의 신선한 아름다움이
거울처럼 걸려 있습니다.

물은 물이로다

하늘에서 씨를 받아
땅 속에서 솟아 오른 물.
만물의 생명 적시며
보다 낮은 곳으로만
흐르기에 물은 물이로다.

끊임없이 솟아올라
새 얼굴로 이어지는 물.
청순한 웃음으로
세상 먼지 씻어
흐르기에 물은 물이로다.

멈춤 있으면 종말이 오는 물.
오늘의 물이
어제 물이 아니더라도
예나 오늘 그대로
흐르기에 물은 물이로다.

윤회하며 부활하며
주름 잡혀도, 굳어져도,
잡것이 섞여도 원 모습으로
돌아가는 맑고 투명한
흐름이 있기에 물은 물이로다.

산은 산이로다

대지에 뿌리 내리고 하늘 높이
우뚝 솟아 있는 산.
솟아 있는 그대로이기에 산은 산이로다.
산봉우리에 밝은 태양 성화 밝히고
우리 사는 세상에 자유, 평화,
사랑의 은혜로움 베풀어 오니
산은 산이로다.

땅에서 드높이 육중히 융기한 산.
영원한 침묵 그대로,
먼지 없이 신선한 그대로 살기에 산이로다.
섭리 좇아 최상의 형상 이루고
하늘 우러러 보며 땅 보살피는 산.
원시의 몸짓에서 우리 살아가는 이법理法 우러나오니
산은 산이로다.

움직임 있으면 종말이 오는 산.
어제의 산이 오늘의 산,

유구한 부동 그대로이기에 산이로다.
종種의 차별 없이,
다툼 없이 함께 생명 이어가는 산.
욕심, 하고자 함 없이 순리로
계절 따라 살아가니 산은 산이로다.

바위

그대 육신 속엔 무슨 전설이 서려 있는가?
그대 역사는 기록 하나 밝힌 일이 없다.
침묵으로 자신의 내면세계 성찰하는 바위.
그대에겐 질문도 대답도 필요가 없구나.
표정 한 번 눈짓 한 번 주지 않고 인자한 은둔자로
지구의 뼈가 되고 주춧돌이 되는 바위.
유구한 시공 속에 꼭 그 자리에서
날 기다려 주는 그대의 침묵은
역시 침묵으로 깨달아야 할 계시로다.

수억 년 저렇게 말문 닫고 있는 그대.
한도 없이 답답한 바위로다.
그 입 여는 말소리 듣고 싶어
산은 사계의 아름다움 바쳤다.
태고의 비보秘報 듣고 싶어
이승의 개미들이 그대 몸 위를 산책하고
저승의 낙엽이 그대 등을 간질럽힌다.
그대 육신에 엎여 있는 갓 여린 푸른 이끼도

전해 줄 말이 없단다.
끝내 말하지 않는 영원의 침묵은
그대 가문의 전통인가?

설악산에 긴 섬처럼 누워 있는 울산바위,
북한산에 하늘 찌를 듯 솟아 있는 인수봉,
그대들은 어디서 왔는가?
땅 속에서 솟아올랐는가?
하늘에서 떨어져 땅에 박혔는가?
아니 금강산에 창성된 만물상은
누구의 솜씨인가?
내 한없이 궁금해 하는 마음이
현존하리라는 그대의 감각을 느낀다.

그대 육신이 부서지면 돌 조각,
돌 조각이 부서지면 모래알,
모래알이 부서지면 흙으로 귀의하는 그대.
이토록 부서지고 불에 탄들 근원이 살아 있는 바위.

마그마의 붉은 피가 흐르는 이 땅의 정곡이로다.
심산유곡 맑은 물 속에서
보석처럼 반짝이는 조약돌들이
웅장하고 늠름한 조상의 암벽 우러러 본다

누가 멍청한 머리를 석두라 하였는가?
누가 고독한 기다림을 망부석이라 했는가?
침묵으로 마련해 주는 준봉능선의 바위 방석,
로마 황제의 황금의자 보다 편하고 부드럽다.
산새들의 고운 노래 감상하며 예쁜 산 꽃
옆에 느긋하게 잠든 그대의 낭만,
내 하고픈 바람이어라!
사계의 풍경 읊으며
바람 물리치고 햇빛에 입 맞추는 그대,
비 내리면 북소리 울리며
엉덩이 춤추는 그대 모습,
항시 날 감동시키는 예술이어라!

산새

맑고 환한 연녹색 우거진 오월의 숲 속에서
기쁨 위해 태어난 산새들이,
이름 모르는 산새들이 다투듯 지저귀며 노래 부른다.
푸른 산골짝은 이 천사들의 목소리 넘실거리고
새들이 좋아하는 푸른 나무들은
화사한 햇살 입 맞추며 춤춘다.
덩달아 감미로운 행복으로 젖어 드는
내 가슴은 부드러운 너희 깃털 쓰다듬는다.

작년 그 전 해에도 이맘때면
오늘처럼 내 심금 울려 주던 너희 아닌가?
내 청각은 그 노래에 익어 있단다.
신이 너희에게만 주는 선물 그 고운 목소리로
이 세상 기쁨으로 물들이는 너희.
연인이라 부를까? 천사라 부를까?
유혹의 요정이라 부를까?
험준한 깔딱 고개 부드러워지고
심산유곡 물소리도 잠이 든다.

너희 노래에 손짓하며 축배 드는 신선들.
하지만 난 오늘도 날 어린 시절로 되돌려
놓은 너희 몸집 훔쳐보고 싶어
푸른 가지 사이 더듬어 간단다.

나뭇가지 푸른 잎사귀 속에
너희 모습 숨기는 버릇은 여전하구나.
차라리 유혹하지나 말거나.
어찌하든 보고 싶은 너희 자태 눈앞에 나타날 듯
울려오는 너희 곡조 따라
한 발자국 한 발자국 땀을 적신다.
푸른 하늘도 너희 안아 보고 싶어 수천 개의
얼굴로 숲 속 살핀단다.
허나 너희 모습 보이지 않아도 괜찮아,
너희, 나 서로 헤어진다 해도
항시 내 기억 속에 메아리치는 너희 아름다운 목소리,
어지러운 세상 곱게 다듬어 주느니.

사랑하는 나무야

나무야 나무야 어찌 네 생전
한 곳에만 뿌리 내리고 사니
내 손 잡고 등로 길
저 구비까지만
함께 걸어가 보자구나.

숲 속에만 있지 말고
사람 사는 곳에 귀양 온
네 친구 만나보고
하늘 건너 바다 건너
이 세상 구경하자구나.

신발이 없으면
내 것을 빌려 주마
밤이면 살짝이
살짝이 내 집에도
찾아 오려무나.

춤꾼

춤추고 싶어 움직이는 나무들,
움직이고 싶어 춤추는 풀잎들,
낙엽은 저승에서도 춤을 춘다.
계절마다 새 옷 갈아입고
평생 춤만 추는 춤꾼이로다.

온 산에 뒤얽힌 나무 가지들이
충돌하지 않고, 사이좋게 춤춘다.
넘실넘실 하늘을 유혹한다.
날 에워싸며 팔을 내민다.
내 손잡고 온 산이 함께 춤춘다.

이리 저리 발 옮기지 않고
평생 한 곳에 서서 춤추는 그대들.
바람 찾아오면 순간의 욕망 분출하고
바람 지나가면 푸른 잎 잠재우다
조용히 기도하는 춤꾼들.

나도 춤꾼이고 싶다.
이 글도 춤꾼이고 싶다.
그대들은 무엇을 분출하는가?
바람과 속삭이는 춤사위
그 무엇인지 알 길 없네.

소박하고 순수함의 분출이다.
평화, 자유, 사랑의 너울거림이다.
순리의 멋과 기쁨의 나부낌이다.
대자연의 아름다운 몸짓이란다.
성지에 모여 신선들이 춤춘다.

등산로

그 언젠가 그 누군가
밟았던 흔적.
무엇을 찾고자
이 흔적 남겼을까?
옛날 마을 길, 산길은
하나로 이어졌다.
허나 오늘은 등로 입구가
천국과 지옥의
경계선이란다.

새들이 좋아하는 나무 사이로
산 꽃 옆에 앉아 있는
바위 틈 사이로
꾸불꾸불 나 있는 등산길.
가시덤불, 깔딱 고개 험해도
마음만은 고속도로 보다
훤하게 뚫려 있는 길.

무언가 또 지나가도
하늘바다엔 흔적이 없다.
대지엔 윤회하는 나그네 길이 있을 뿐.
허나 인간 침범 경계하는
산신령은 외길만 허용했다.
처음과 끝이 있는 외길.
성지 찾는 마음으로 오르는 길.

문화의 열병이 없는
진, 선, 미 등불 밑에서
어제와 오늘 내일이
다정히 속삭이는 길.
산 식구와 나 하나 되고.
아름다운 사계 풍경이
노래하며 향기 뿌릴 때
세상사 푸름 속에 잠드는 길.
몸과 마음이 다듬어져 가는 길.

다섯 수녀

푸른 숲 속 가시덤불 바위 틈
사이로 산을 오르는 다섯 수녀.
하얀 스카프, 하얀 수녀복,
하얀 운동화 차림의 몸짓들이
마치 푸른 하늘 백학이 내려와
대지의 푸른 산 속 걸어 오르는 것 같다.
아니 "아름다운 천사의 친구들이여!"
산이 그들을 영접하는 소리 들려온다.

항시 멀리에 있으면서 가까이 하고 싶은
'수녀' 란 이름,
오늘따라 대자연의 푸른 산 속에서 불러 본다.
"신선한 선녀의 친구들이여!"
포수도, 쫓겨 오는 사슴도 없지만
보다 더 착한 나무꾼이 되고 싶다.
심산유곡 어린 수목 같이 순결한
그들의 붉은 입술 흐르는 속삭임.
들릴 듯 말 듯 나뭇가지 사이로
무언가 복음처럼 들려만 온다.

"아이스 케-키 아이스 케-키"

산골짝 하얀 얼음 띠 졸졸 녹아 내리고
계곡 바위 밑에선 실낱같은 물줄기가
봄 소리 웅얼대는데,
산 중턱 어디선가 한 소년의 가냘픈 목소리가
춘산의 적막을 깨운다.
천연의 얼음은 이제 막 이른 봄볕에
순리 따라 녹아내리는데…….
인간이 만든 얼음을 사달라고…….
"차디찬 얼음이 있어요.
아이스케~키, 아이스케~키"
산에서 아이스케키 파는 광경은
전혀 설지 않는 요즘의 등산 풍경이지만
오늘 따라 저렇게 외로운 소년의 목소리를
들어 본 적이 없다.
아침부터 얼마나 외쳤기에 어린 목청이
저렇게도 쉬어 버렸을까?
저 소년의 하루를 살아가는
갈망의 소리가 너무 지쳐 있다.

날씨는 아직 겨울의 끝자락인데
봄기운을 타려는 등산 행렬이
온 산 등로 길에 등산 꽃을 피운다.
소년은 그 등산 행렬에 오늘의 희망이 달려 있기에
한 사람 한 사람 점검하듯 눈동자 바라보며
쉰 목소리로 애원 섞인 고달픈 소리로
"차디찬 얼음이 있어요, 아이스 케~키, 아이스 케~키"
아쉽지만 등산 행렬의 땀방울은 무심히 지나가 버린다.
그래도 이 소년은 쉰 목소리로 애타게 이어 외친다.
"차디찬 얼음이 있어요,
아이스 케~키, 아이스 케~키"
내 눈 앞 소년의 모습은 열너덧 살에
아직 때 묻지 않은 깊은 산 속 어린 수목 같다.
"목이 너무 많이 쉬었구나."
"괜찮아요, 열심히 해야지요."
껄끄러운 소년의 목소리가 야릇한 느낌의 먹이를 준다.

도심 거리도 아닌 깊은 산 속에서 등로 길 쉼터에서

비닐 테이프로 겹겹이 볼 박스 사방을 감아 붙인
중간 궤짝만한 노란 아이스케키 박스,
그 옆에서 아이스케키를 외치는 풍경은
요즘의 등산 풍경의 한 구색으로
등산인들에게 꽤 친근감을 준다.
때마침 소년의 발 옆에 놓여 있는
그 아이스케키 박스 안에서 요정들이 속삭이는 소리,
난 재미나게 들어 본다.
"우리는 언제쯤 산골짝 얼음 띠처럼 녹아내릴까?
분홍.　　"난 수다 떠는 소녀들의 입에서
　　　　　녹아내릴 거야."
연녹색.　"난 굵은 목소리가 좋거든 땀 냄새
　　　　　물씬 풍기는 머슴애들의 입 안에서
　　　　　시원한 향기 뿌릴 거야."
노랑.　　"난 연인들의 손에 붙잡혀 달콤한
　　　　　속삭임 들을 거야."
갈색.　　"나도 늙은이는 싫어 손자들의
　　　　　입 안에서 동요 부를 거야."

끊이지 않고 이어져 오르내리는 등산 행렬이 오히려
자연의 순리에 자극을 주며 봄기운을 돋운다.
이윽고 내려오는 나의 하산 길,
그 소년의 아이스케키 얼마나 팔렸을까?
조바심해진다.
"차디찬 얼음이 있어요,
아이스케~키, 아이스케~키"
아련히 들려오는 저 소년의 목소리에
오늘의 희망이 열려야 할 텐데…….
산길 구비, 나뭇가지 사이로 소년의 몸짓이 보인다.
"그 동안 좀 팔았니?"
"그저 그래요 더 열심히 해야죠."
내심 힘 빠진 소리다.
아이스케키 박스 옆에 놓여 있는 자루 같은
빈 비닐포대 속에 요정들이 벗어 놓은
형형색색 껍질들이 목산으로 쉬 헤아릴 만큼
조금 헝클어져 쌓여 있다.
난 적지만 그저 주고 싶어서 오천 원을

목 쉰 소년에게 꺼내 준다.

메마른 세파에 상기된 얼굴의 소년,
쉰 목소리로 목청이 아플세라,
"차디찬 얼음이 있어요,
아이스케~키, 아이스케~키"
어찌하지…….
저 아픈 성대를 얼마나 더 울려야
소년의 오늘 하루 삶이 마감될까?
소년의 외로운 목소리 뒤로 하고 떠나는
내 하산 길이
마치 사랑하는 어린 아이를
산 속에 홀로 두고 떠나오는
애절한 한 연극의 장면 같다는 생각이 든다.
어린 삶의 소리가 꽉 쉬어 버린 목소리가
긴 겨울잠에 지친 나뭇가지 사이로
산사의 종소리처럼 멀어져만 간다.

진달래꽃

산길 따라 굽이굽이
진달래꽃이 피었네.
온 산 화사하게 피었네.
그 빛, 연분홍 빛 곱기도 하여라.
네 수줍은 미소에 천하가 웃는다.

이 나라 방방곡곡 산이면
어디나 피어 있는 너.
햇빛도 제대로 받지 못한
가시덤불 바위틈에서
호젓이 피어도 항시 웃고 있는 너.

신의 손이 물들여 준 연분홍 빛,
소박하고 순결한 몸짓,
바람 따라 춤추지 않고
꽃 잎 날리지 않으며
고고하지도 화려하지도 않는 너.

그러하기에, 가시는 길에
뿌려 놓은 진달래꽃
사뿐히 즈려 밟고 가시는
임보다 널 더 사랑한다오.
진정 즈려 밟힐까 걱정이라오.

도봉산 만장봉 암벽 사이에 피어 있는
한 송이 진달래꽃.
등불처럼 이 봄이 밝구나.
내 세월엔 주름 피어 가는데
넌 어찌 만년 소녀인가?

여인 박대 있으랴?

여자 얼굴이 산에서처럼
예뻐 보인다면 어찌
이 세상에 여인 박대 있으랴?
산은 아름다움이 사는 곳.
만물이 예뻐지는 미의 고향.

산 오르면 나도 어여쁜 천사.
미움이 없는 곳, 까마귀 소리도
아름답고 돌멩이도 예쁘다.
철따라 고움이 흐르는 곳
산은 꾸밈없는 미의 고향.

산에서 만난 여인

봉선화처럼 고운 얼굴이
눌러 쓴 모자 밑으로
빠꼼이 날 쳐다 본다.

세월이 제법 쌓여 보이건만
산을 좋아하는 그 얼굴엔
주름살도 지각하나보다.

산상山上

천하의 근원
고요가
천지를 메웠다.

우주의 숨소리,
태양의 발자국 소리,
멈췄나 보다.

암자의 대기도
눈을 감았다.
세상이 비어 버린다.

햇빛이 안개를
먹으니 바위가 눈을
뜨고 산꽃이 웃는다.

조각구름 시 읊은 소리,

만물이 정오의
기도 울린다.

처음 끝이 없는
시공의 침묵 속에
고요는 고요를 낳는다.

깔딱 고개

깔딱 고개 없는 산이 어찌 산이런가?
이마가 등산화 코끝에 닿도록 허리 굽혀 오르는
깔딱 고개.
헐떡거리는 숨소리가 산골짝 적막을 깨운다.
무심코 손등 위에 떨어지는
한올 머리카락이 천근만근 무겁다.
팥죽 땀 씻어 주는 한 장의 손수건이
철판보다 둔탁하다.
손에 잡힐 듯 다가 온 산의 정상
아직도 천길 만길이다.
말 한마디 내뱉으려니
산을 움직이는 힘이 있어야 하지 않는가?

산새들이 나약한 날 조롱한다.
"수신修身의 산행 길에 제 몸도 가누지 못하면서
푸른 숲 속 향기롭게 노래하는 내 목소리에
유혹이나 당하지 말지.
언감생심 어찌 내 몸집까지

훔쳐보려고?"
푸른 잎사귀들도 하늘거리며 한 마디,
"새야 산새들아 너희는 노래만
잘 하는 줄 알았는데
어찌 그리 말도 잘하니, 내 맘이 후련해.
걱정하지 마 천사 같은 네 몸은
우리 품 안에 있으니."

그래그래 깔딱 고개 없는 산이
어찌 산이런가?
험준한 기암절벽 계곡이 깊어야 명산이지.
천국을 노래하는 심산유곡
첩첩산중 원시 풍류에,
세속 허물 벗고 이 몸 담그니
세상 부러운 것이 없구나.

한 잎의 낙엽

오솔길 발 등위에 떨어진
한 잎의 낙엽.
내 얼굴처럼 구겨진 네 얼굴
어찌 밟을쏜가?
차라리 정중히 주어 올려
입 맞추니 내 가을 길 멈추어지네.
신부 이불솜처럼 뽀송뽀송한
네 시신에서 배어 오는 향기,
만추晩秋에 이 세상이 젖어 든다.

모수로부터 떨어지는 것은
죽는 것인데,
넌 춤추며 노래하며
떨어지지, 그리고
미소 지으며 굴러 가지.
이 몸은 죽음의 미소도 없이
임종에 몸부림치다 시신에서
썩은 냄새 진동하니,
얼마나 부끄러운 육신인가?

알몸의 입덧

낙엽 진 그 눈 마디마디에
하얀 눈꽃이라도 피었는데,
혹독한 겨울바람이 향기마저
거둬 가니 한 손의 벌 나비도
찾아오지 않는다.
허나 난 벌거벗은 알몸으로
조용히 눈 감으며 새 봄을
잉태하는 입덧을 참아야 한다.

꽃샘 아가씨

산자락에 목화 만발하여
가을인가 했더니
목화 따는 아가씨는 간데없고
꽃샘 아가씨가
춘설을 따는구나.

자유, 사랑, 평화의 참 모습

온 산 가득히 나부끼는
영묘한 섭리의 언어들이
붙잡힐 듯, 멈춰 줄 듯, 술렁거리네.
잔잔히 흐르는 산의 소리,
감미로운 자연의 노래,
골짝마다 향기롭게 넘실거리네.

조화로 익어 가는 산의 체취가
오늘도 원시의 풍습으로
그들의 세상 다스리고,
신비스런 색채가, 오묘한 형상과 움직임이
그들만의 세월 창성해 가네.

난 이들의 몸짓에서 보았네.
또 보았네.
사람 세상에서 보지 못한 알지 못한
자연의 자유, 자연의 사랑
자연의 평화, 그 참 모습을.

철없는 사람들

흘려버린 낭만이란 유산
주어 갈 노숙자도 없다.
산은 철 따라 사계 갈아입고
이 세상 곱게 치장하는데
그것도 모르는 철없는 사람들.
물결치기 바빠서
제 몸 얼어붙어서야
겨울인 줄 아는 강물처럼.

시간과 공간을 폭식하며
자연마저 뿌리쳐 버리는 질주자들.
봄이 오는 줄, 가는 줄도 모르고
바람에 날리는 모래알처럼
그들은 무엇에 쫓기고
무엇을 찾고 있는지?
이들 세상엔 철들 틈이 없어
철이 없나 보다.

느낌의 세계

산은 거짓이 없는
느낌의 세계.
산을 오르는 날은
하루만이라도
진실을 사는 날.

몸서리치는 간섭들.
족쇄가 풀리는 날.
넘치는 느낌의 먹이.
섭리의 수혜자로
삶의 가치를 느낀다.

허나 흰 머리 주름살엔
산이 부르는 소리
자꾸 멀어져만 간다.
느낌의 천국엔
아직 산이 살고 있는데.

꿈속의 산 풍경

꿈속에서 나부끼는
푸른 잎사귀 따라
능선, 산바람 따라
오르고 또 오르니
대청봉이었네.

여명 동쪽 하늘에
붉은 연무 뿌려지니
태양이 동해의 옷을
벗고 알몸으로
솟아올랐네.

동창이 밝으니
내 얼굴에 화사한
산꽃이 만발하고
속초 앞 바다 어선이
내 꿈 싣고 가네.

산의 속마음

산은 속마음
그저 열어 주지 않아
스쳐 가는 봄바람
감지하듯 느껴야 해.

무관심은 원시의 몸매
고운 몸짓 보이지 않아.
사랑하는 눈으로 그리운
마음으로 어루만져야 해.

조화로 엮어 있는 산세와 색채,
선과 형상 풀어 보는
풍류가 있어야 해.

산은 속마음
그저 열어 주지 않아.

세 개의 거울

내 얼굴 어떻게 생겼는지?
보고 싶어 거울 앞에 다가선다.
기쁜 대로 슬픈 대로
얼굴 보는 거울이 없다면
난 평생 내 얼굴 제대로
한번 보지 못할텐데…….
허나 돌아서면 지워져 버리는 흔적
투명하지만 내 맘속 보여주지 못한
'겉 보는 거울'

내 맘속 어떻게 생겼는지?
보고 싶어 산을 찾아 오른다.
고운 대로 미운 대로
내 맘속 보여주는 산이 있기에
내 삶의 세월 재보고 달아 본다.
돌아서 내려와도
지워지지 않는 그 삶의 흔적들.
산은 내 마음속 그려 주는

'마음의 거울'

주름살 깊어 갈수록
더 깊어만 가는 우정.
서로 웃으며 바라보며
자신의 세월을 읽는다.
"그래! 어느 새 내 얼굴도 저렇게
흰 머리에 주름져 구겨졌구나!"
잡은 손 떨치며 흔들며 돌아서 와도
지워지지 않는 벗네의 고운 마음.
친구의 얼굴은 언제나 정직한
내 '세월의 거울.'

산 풍경

밤은 삼경인데
얼마나 멀리 갔는지
아직도 돌아오지 않는 잠.
기다림에 지쳐
선 잠 이루다
마침 가슴에 걸어 놓은
산 풍경 바라보며
깊은 잠 이루었네.

지하철 산행

지하철에 앉아
살포시 눈 감으니
문득 떠오르는 산행 길.
한참 오르다 보니
내려야 할 정류장
지나 버렸네.

에라, 모르겠다.

계절도 모르는 지하철
어둠 속으로 달려라~.
오르던 산행 길
정상까지 올라 내려오니
지하철 2호선
제 자리에 와 있네.

금강산

금강산은 어떤 곳인가?
직접 가서 보아라.
직접 와서 보아라.

금강산은 어떤 산일까?
이 세상 언어로는
설명하지 못 한다네.

금강산 보기 전엔
천하의 산수를
논하지 말란다네.

옥류동, 구룡폭포는?
"와!" "야!" 란 그 밖에
할 말이 없다네.

만 가지 형상의 만물상은?
놀라 미치지 않으면

정상이 아니라네.

비로봉 만폭동은?
신비의 별천지로
속세 떠나고 싶은 곳.

삼일포 총석정은?
산과 바다의 조화에
"저런!" 이란 말밖에.

산은 내 조국

앞에도 산, 뒤에도 산.
오른쪽에도 산 왼쪽에도 산.
위에도 산 아래에도 산.
먼 데도 산 가까운 데도 산.
사방천지 산이로다.
산, 산은 우리가 살아온 내 조국.

산 속에서 태어나서
산 속으로 돌아가는 백의민족.
산이 남겨 준 자투리땅은
집 짓고 씨앗 뿌려 온 우리 삶 터.
이 겨레 넋이 숨쉬는 산.
산, 산은 우리가 살아가는 내 조국.

산으로 이어지는 백두대간
숭고한 정기 솟아나는 기상.
기백 예기 영글게 해 주는 산.
삼면 바다 펼친 드높은 웅지.

사계 아름다운 금수강산.
산, 산은 아름다운 내 조국.

앞산에서 떠오르는 태양.
뒷산에서 찾아오는 밤.
하루의 시작과 끝 이어 주는 산.
마을 지켜 주는 가까운 산.
고향의 노래 들려주는 먼 산.
산, 산은 우리 지켜 주는 내 조국.

6.25 비문

하늘이 가까워질 듯하여
지리산 천왕봉에 오르니
태양은 더 높은 곳에 있고,
거산은 구름 위에 날개 펼치고
하늘 밑 세상을 덮었다.
정오 햇빛은 높은 하늘과
깊은 산 밖에 비칠 것이 없다.

비운의 빨치산 숨소리 묻힌 천왕봉에
오늘은 등산객이 벌 멍덕인데
지리산은 가라앉지 않는다.
살아 천년 죽어 천년의 주목,
그때 거산 진동하는 포화에
살아 천년 간 데 없고,
이제 죽어 천년에 평화의 세월이 보인다.

하얀 상아 뿔로 조각한
그림자 없는 거목처럼,

허황해진 천왕봉의
증인인 양 군데군데 그러나
아직은 위풍있게 서 있는 죽어 천년의 주목.
사계의 옷가지랑 다 태워 버리고
알몸으로 하얀 속살 드러낸
저승의 주목에 오늘도 비운의 영혼들이
6.25 비문을 새기고 있다.

삼대 괴물

자동차, 텔레비전, 컴퓨터란 삼대 괴물.
이 세상을 파괴하고도 남을 위력을 가진
제왕적 존재들이다.
내 인생은 오랏줄도 없이 이 삼대 괴물에
포박되어 버렸다.
이들의 노예로 살아 온 지 오래다.
다행히 현대 문명 바로 옆엔
오늘도 원시의 풍습으로 살고 있는
산의 세계가 있다.
단 하루만이라도 삼대 괴물의
속박에서 벗어나고 싶어,
나 자신으로 환생하고 싶어 산을 찾아 오른다.

그런데 삼대 괴물의 노예생활이 짜릿하고 달콤하다.
문화의 열병에, 고통을 주는 문명의 편익에
오히려 황홀한 흥미와 즐거움으로 익숙해졌다.
허나 마음의 눈은 죽어 가는 별빛처럼
희미해지고 하고 싶은 의욕은 된 서리 맞은

배춧잎처럼 시들어 간다.
인간 구실의 느낌, 감상,
음미의 인자들은 바보가 되어 간다.
노예로부터 해방, 기계로부터 해방이란 말이
고리타분하게 들리는 세상이다.

달콤한 속박, 순간의 전율, 충격의 짜릿함이
조금도 이상하지 않은 일상의 즐거움이다.
아침 일찍부터 저녁 늦게까지
날마다 세 시간은 텔레비전에 충성을 바친다.
순간의 영상들에 눈 맞춤하지 않으면
전율의 고독과 공포의 침묵 때문에 피가 마른다.
그리고 네 시간은 흡혈귀 같은
문명의 보물을 찾기 위해
컴퓨터 세계를 휘젓지 않으면 손이 굳어서
밥숟가락을 들 수가 없다.
마지막 두 시간은 내 생명에 대해 보장도 못하는
자동차 핸들을 애무해야 한다.

재앙을 뿌리며 질주하지 않으면 다리가
굳어서 대지를 밟을 수가 없다.

산엔 삼대 괴물이 없다. 문명의 광기가 없다.
내 인생은 바보가 되어가도
계절은 윤회하고 새 싹은 봄마다 돋아난다.
마녀의 속살을 뿌리치지 못한 나에겐
천천히 걸어가는 자유가 필요하다.
볕을, 그림자를 밟고 싶다.
어릴 때 보았던 그 하늘의 푸른 얼굴이,
내 얼굴이 비치던 그 맑은 시냇물이 그립다.
있는 대로, 없는 대로 시간과 공간과 속삭이고 싶다.
고대로 돌아가 대자연에 포섭되고 싶다.

등산 칠대 신선

성지 찾아가는 마음으로 산을 오르는 사람,

산이 보고 싶고 그리운 사람,

산과 접하여 아름다움 낳는 사람.

산 냄새 맡는 사람.

산의 소리 듣는 사람.

산과 대화하는 사람.

산의 순리로 도야한 마음 펼치는 사람.

치유

세상살이 각박할 때
망설임 없이
산을 올라 보세요.
평화로운 숲 속이
천사처럼 안아 주고
맑고 신선한 몸짓으로
사랑을 채워 줍니다.
굽이굽이 산길 따라
올라 보세요.
별도의 명상이나
기도의 시간 없이
마음 비우는
길이 펼쳐집니다.

세상사 짜증날 때
심산유곡 맑은 물에
갈증을 풀어 보세요.
심란한 짜증이 씻겨 가고

구겨진 영혼도 풀어집니다.
준봉 능선 올라 앉아
푸른 하늘 바라보며
가벼운 구름에 마음을 실어 보세요.
성숙된 기쁨으로 생기가 돋아 나고
미래의 풍경이 그려 집니다.

세상사 어지러워
무엇이 보이지 않을 때
산 냄새 산 소리에
몸을 적셔 보세요.
깊은 생각과 너그러움으로
마음속에 아름다운
무지개 피어오릅니다.
진, 선, 미 치장한 산 식구들이
조화의 힘 돋워 주고
순서가 보이는 내일의
설계도 그려 줍니다.

사랑하는 당신이여!

오늘은 당신과의 만남으로 설레는 날.
당신보다 사랑스러움이 이 세상 어디에 있으리오.
설사 그 누군가 반짝이는 별 한점
따다 준다 해도 당신과 바꾸지 않으리다.
내 천성으로 지닌 진실과 정직,
정성 다하여 당신 사랑하리다.
인간의 침범 경계하는 당신과 나의 사랑이
너무 진지하고 순수하여
창조주께서 우리의 사랑을 모처럼 축복으로
허용하였습니다.

사랑하는 당신이여!
내 성품, 당신 성품에 영합되도록
온 정성 다하리다.
당신과 나 하나로 영합되어 아름다움 태어납니다.
산이시여! 날 사랑한다고 말해 주어요.
비가 오나 눈이 오나 산길은 당신과 만나는 길,
당신과의 속삭임이 이 세상에 감동을 주는 길이랍니다.

여명에 피어난 황금빛으로 아침 옷 갈아입을 때,
산 식구들이 지상에 존재하는 온갖 색깔로
사계의 옷 갈아 입을 때 당신은 참으로 고아요.
그 아름다운 가슴으로 날 안아 주어요.

사랑하는 당신이여!
당신 속살 어루만지며 젖가슴에 귀 기울이면
근심 걱정 멀어지고 새 세상이 펼쳐져요.
서산의 태양이 시샘의 몸부림친다 해도
이별은 싫어요.
천사처럼 춤추는 나무, 바위들의 빛나는 눈동자.
오감을 홀리는 산새들의 노래.
살갗 스쳐 가는 신선한 산바람.
추억을 잉태시키는 천사들의 몸짓,
다감하게 흘러가는 개울물, 이 모든 것들이
우리의 사랑 북돋아 주는 씨앗이랍니다.

사랑하는 당신이여!

사랑의 씨앗들이 행여 다칠까 봐
조바심해요
한 알의 산 흙이, 한 조각돌이라도
행여 상처 입을까 두려워요.
한 포기 풀잎이, 한 송이 꽃잎이.
한 잎의 나무 잎사귀라도 행여 멍들까 걱정돼요.
한 점의 이슬, 한 방울의 물방울이 때 묻을까 봐.
애벌레가 밟힐까 봐 마음 조려요.
당신이 아프면 나도 아프니까요.

아름다운 임

사람 손 끝 닿지 않는 깊은 산골짝.
푸른 그늘 아래로 졸졸 흐르는 개울물.
너무도 신선하고, 청순하고
향기롭고, 아담하고, 순수하여
흐르는 그대 모습 선녀처럼 아름다워
차라리 ‘아름다운 임’ 이라 부르리다.
끼어들 틈도 없이 새 얼굴로 이어져 흐르는
아름다운 임이시여!
나에게도 그대처럼 새 얼굴로 이어지는
세월을 나눠 다오.

밤낮 흐르는 일이 그대 세월이지만
그대의 종착역은 어디멘지요?
내 이토록 보고 싶어 깊은 산길 찾아 왔는데
왜 이다지 흘러만 가는지요?
하지만 ‘아름다운 임’ 은 무심치 않아.
틈틈이 기다리는 바위 밑 물웅덩이에서
내 얼굴 어루만져요.

보자기만한 그 물웅덩이에 산수화 펼쳐 놓고
하늘과 태양 구름도 초청하여
우리의 밀회를 축복해요.

어머니 품안 벗어나 보다 낮은 곳으로만 흘러가는 그대.
바위, 초근목피 가시덤불에 온 몸 맡기고
부딪히면 하얀 미소 짓고, 환희의 은구슬 흩뿌리는
'아름다운 임' 이시여!
눈짓은 다정하나 가는 곳 말하지 않으니
내 그림자 따라가지 않는다오.
그대 음악 소리에 온 산이 들떠 있는데
새들의 노래, 나뭇잎, 꽃잎 싣고 산 향기 뿌리며
푸른 천국의 영광 어디에 전하려고
흔적 메아리로 남기고 흘러만 가는지요?

아마도 그대 흘러가는 곳이 내 사는 고향이 아닌지요?
그 곳엔 물방아도 물놀이 개구쟁이도
그대 싣고 가는 꽃잎 주울 빨래 아가씨도

떠난 지 오래랍니다.
그 곳엔 한 손에 생명수 들고,
또 한 손으로 자연에 재앙 뿌리는
문명인들이 살고 있습니다.
벌써 오염으로 땅속이 병들고
강물, 바다의 부초들이 썩어가고 있습니다.
‘아름다운 임’ 이시여!
그 지옥 건너야 하는 그 고행 길
어찌하려고요?

하늘의 씨앗으로 잉태된 습기가
산 속에서 물집으로 태어나
개울물 되고, 강물 되어 바다로 흐르는
‘아름다운 임’ 이시여!
안타까운 마음으로
내 그대의 종착역 가늠해 봅니다.
지선의 성자처럼 흐르는
그대의 고백을 되새겨 봅니다.

"만물의 생명 적시는 일이 즐겁고
이 세상 먼지 씻는 일이 기쁘기에
쉬지 않고 흘러갑니다.
하늘로 승화하여 구름되고 비가 되어
다시 어머니 품안으로 돌아가기 바빠
쉬지 않고 흘러갑니다.
윤회하고 부활하기에 오늘의 이별이, 고행이,
내일의 만남이며 기쁨이랍니다."

보고 싶은 당신

간 밤 산장 창가에서 희미한 달빛 아래

대지 위에 눈도 입도 보이지 않는 검은 덩어리로

육중하게 앉아 있는 당신의 쓸쓸한 모습을 보았습니다.

밤은 사랑을 위하여 이루어진다는데…….

걸린 마음이 조금은 풀릴 것 같아

위로의 눈길이나마 희미한 달빛에 실려 보냈건만

당신에게 이르지 않은 것 같아

이렇게 아침 일찍 보고 싶은 당신 찾아 왔습니다.

항시 휴일의 아침은 당신과 나의 만남이

이루어지는 시간,

산골짝 걸쳐 있는 하얀 홑이불 속에서

살포시 선잠 들어 있는 당신의 속살 어루만지고 싶어서,

간밤 서로의 영혼 속에서 익어 간

사랑의 입술 맞추고 싶어서,

새 아침의 교향곡이 울려 퍼지는 심산유곡에서

천사의 눈빛으로 빛나는 당신의 눈동자에

내 얼굴 비치고 싶어서,

이렇게 아침 일찍 보고 싶은 당신 찾아 왔습니다.

새벽녘 아기 별 잠재우고 하루 일 챙기는 엄마처럼
아침 햇살이 하얀 안개 걷어 올리면
간밤에 내 몸 위로 스며 오던 당신의 숨소리,
당신의 젖가슴에 귀 접하여
확실히 들을 수 있을 것 같아서,
고운 선, 아름다운 색채, 숭고한 자세로
하루를 시작하는 당신이,
우울한 내 세상 깔끔한 마음으로 물들여 줄 것 같아서,
이렇게 아침 일찍 보고 싶은 당신 찾아 왔습니다.

평소 내 느낌의 굶주림 덜어 주지 못한 속세가
당신을 너무 시샘하기에
눈에 띄지 않는 안개 속으로 당신 찾아 왔습니다.
당신이 남쪽에서 봄 아가씨로 상륙하던 날,
여왕으로 초록색 옷을 갈아입던 날,
남자들이 쳐다보지 않는다 하여

얼굴에 빨간 연지 짙게 찍던 날,
순례자로 하얗게 순결의 세례 받던 날,
밝고 즐거운 생각으로 떠오르는 그 날들이 그리워서
이렇게 아침 일찍 보고 싶은 당신 찾아 왔습니다.

등산 죄악

등산 칠대 꼴불견

산에서 담배 피우는 사람.
산 속에 쓰레기 버리는 사람.
등산로 이탈하는 사람.
산 속에서 라디오 크게 틀고
큰 소리로 떠드는 사람.
산에서 술마시는 사람.
안녕하십니까? 에 묵묵부답한 사람.
만부득이 배설한 뒤 그 배설물
산 흙으로 덮지 않는 사람.

명산名山이 통곡 한다

1. 명산이란 이름

너희 품위 높은 조상들이 우리에게 '명산' 으로 이름 붙여 줄 때만 해도 백두산, 한라산, 지리산, 설악산, 북한산 등…

우리는 성산 성봉으로 군림했다. 명산, 영산 진산으로 추앙받아 왔다. 그런데 오늘에 와서 등산복 차림의 후손들이 명품은 자기 집안의 신주처럼 모시면서 명산은 환락의 놀이터로 짓밟고 있다. 그들은 산의 동의도 없이 마치 신천지 발견해 간 듯 미친 듯이 더 높고 더 깊은 명산을 찾아 오르내리며 짓밟고 있다.

2. 침략군의 등장

명산은 끊임없이 찾아드는 등산 인파에 시달리다 못해 자꾸만 더 멀리 더 먼 곳으로 힘없이 쫓겨난다.

오늘은 사람들이 사는 세상의 휴일이다. 등산 침략군

들이 이 나라 방방곡곡 명산을 침범하는 날이다. 아침 일찍부터 황혼에 이르기까지 명산마다 등로 입구에서 정상까지 수많은 등산 인파가 이어지는 날이다.

화려한 등산복 차림으로 마치 만국기를 온 산에 줄 지어 매달은 듯 황홀한 대열을 이룬다. 거침없이 불어 대는 진군나팔에 침략군은 상기된 얼굴에 사기 충천하다. 소녀처럼 순결한 개울물 짓밟는 말굽 소리가 삽시에 능선 준봉 점령하고 정상까지 정복한다. 연달아 야호 외치며 진군하는 침략군들…….

3. 침략군의 잔인상

침략군인지도 모르고 환영의 고사리 손 흔들어 대던 아기 풀들이 무참히 짓밟힌다. 젖먹이 아이처럼 바위 등에 업혀 있는 파란 이끼들의 목이 수없이 짓밟혀 부러진다. 구경 나온 순박한 돌멩이들이 노예처럼 이리 차이고 저리 차여 굴러간다. 소박하게 춤만 추던 나무 가지들이 여기서 저기서 휘여 잡혀 찢어진다. 등산화에 뭉개진 나무뿌리들이 하얀 속살 드러내며 피를 흘린다. 착하고 근면한 개미들이 영문도 모른 채 줄줄이 밟혀 죽는다. 애

벌레들이 산 흙, 표토 짓밟은 등산화에 압사 당한다. 산
새들이 겁에 질려 노래 멈춘다. 날짐승 길짐승들이 포화
등진 피난민처럼 어디론가 정처 없이 도망간다. 평화의
물결 이루던 산의 소리 침략군의 나팔소리에 송두리째
묻혀 버린다. 산의 식구들이 도처에서 쓰레기 세례 받는
다. 나무껍질과 바위는 비벼 끄는 담뱃불에 화상을 입는
다. 파파라치들의 호기심에 명산의 사생활이 무참히 공
개되어 버린다. 이들은 보존되어야 할 숭고하고 엄숙한
산의 신비 속으로 비정한 침략군을 불러들인다.

급기야 예고된 운명의 시간이 다가온 것 같다. 명산의
몸체는 강간이라도 당한 듯 할퀴어지고, 찢기고, 뭉개지
고, 짓밟혀 곳곳에 유혈이 낭자하다. 명산의 정기가 죽
어 가고 드높고 고귀한 명산의 덕목들이 비참하게 망가
져 간다.

4. 산신령의 외침

산신령이 외친다. 이렇게 외친다.

"이 철없는 인간들아! 멍청한 등산인들아! 명산을 상처
투성이로 병들게 하면서 산을 사랑한다고 떠들어 대는

위선자들아! 이 엄청난 재앙을 어찌 막을꼬? 명산이 망가져 가고 있으니 너희 후손들에게 무엇을 어떻게 물려주란 말인가? 산이 아프면 사람도 아프고 산이 병들면 사람도 병든다는 것을 왜 몰라! 이 재앙을 어찌하여 막을꼬? 참으로 멍청하고 철없는 등산인들아……."
명산의 통곡소리는 하늘을 찌르고 붉은 태양을 분노케 한다. 머지않아 섭리의 저주와 징벌이 있으리라.

5. 수호천사

수호천사 어둠이 다가오니 침략군들이 퇴각한다. 명산이 한숨 돌린다. 달빛 별빛이 산봉우리 눈물 씻어 주며 비통에 젖은 명산의 휴일 저녁 위로 한다.
성좌의 꽃밭에서 내려온 천사들이 명산의 상처 어루만진다. 산골짝 개울물 소리가 어둠 헤치고 엄마 찾는 아이 목소리처럼 어디선가 아련히 들려온다. 여린 풀잎 나뭇잎들이 응얼대며 명산의 젖가슴 더듬는다. 부상당한 개미들이 절룩거리며 제 집 찾아간다.
간신히 침략군 몰아낸 수호천사 어둠이 가녀린 산바람으로 산식구들의 이마 닦아 준다. 소쩍새 소리, 길짐승

발자국 소리가 무너진 돌 더미 헤치고 살아 나오는 생명
의 환희처럼 희미하게 들려 온다.

축축한 산 냄새도 모처럼 피어 오른 모닥불 연기처럼
조금씩 스며 오른다. 잠시나마 통곡 멈춘 명산은 별들
의 자장가 들으며 선잠 붙인다.

6. 명산의 악몽

허나 명산은 온 밤 악몽에 시달린다. 되풀이 다가오는
인간의 휴일이 무섭다. 인간의 휴일은 명산의 안식일이
아니다. 잔인한 날이다.

악몽으로 시달리는 명산은 밝아 오는 아침이 두렵다.
새 아침이 일곱 번 밝아 오면 벼락보다 무서운 침략대군
이 침범해 오기 때문이다.

인간들의 휴일 밤을 통곡과 오열과 악몽으로 지새운 명
산의 신음 소리가 새 아침에 비수처럼 내 가슴을 찌른다.
만물의 영장이란 칭호가 부끄럽다. 이성을 반납하고 싶
다. 닥쳐 올 저주와 재앙의 여신이 두렵다.

7. 명산의 호소

"사람과 산은 우주의 일원이며 지구상의 한 가족이다. 이성을 가진 인간은 자기 규제를 통하여 사람과 산이 서로 사랑하고 의지하고 조화롭게 살아가는 방법을 마련해야 한다. 그 방법의 발견이 환경윤리, 등산윤리, 등산규칙 등이다. 사람과 산을 보호하기 위하여 휴일 명산마다 적정인원만이 등산할 수 있도록 등산규칙을 정립하여 성실이 지켜 주기 바란다."

산신령의 고발

1. 등산인을 고발한다.

"산에서 담배를 피우는 사람들이여! 산 흙, 바위, 나무에 담뱃불을 비벼 끄는 사람들이여! 어찌 수천 도나 뜨거운 담뱃불을 성스러운 바위에, 살아 있는 나무에, 숨 쉬는 산 흙에 비벼 끌 수 있단 말인가? 대자연의 섭리가 배어 나오는 산 속에, 신의 손으로 이루어진 감미로운 풍경에, 유구하게 이어 온 신선한 산 공기 속에, 푸름으로 우거진 숲 속에, 어찌 독한 담배 연기를 자신의 입으로 뿜어내어 재앙을 뿌린단 말인가?"

"그대들은 사랑하는 연인의 하얀 속살에다 담뱃불을 비벼 끄는 사람들인가? 연인의 젖가슴 속으로 담배꽁초를 버리는 악한들인가? 특히, 산 속에 담뱃불을 버리는 사람들이여! 그대들은 산을 죽이는 살생자로다. 그대들은 성당이나 교회, 법당에 담뱃불을 버리는 자와 같으니라."

"산 속에 음식물 쓰레기를 버리는 사람들이여! 생명체

로 꿈틀거리는 산 흙을 보아라. 산 식구들이 평화롭게 살고 있는 자연의 대궐을 보아라. 그리고 나무 밑 둥지에 깔려 있는 낙엽을 거두고 숭고하게 드러난 산의 속살에 코를 접하여 산 흙냄새를 맡아 보아라. 대자연의 원시의 향기를 맡을 수 있으리라. 코를 접하고 있는 그 지점에서 이제껏 어떤 인위도 접하지 않은 대자연의 성스러운 향기에 최초의 원시인으로서 자신의 영혼을 적시게 되리라. 이토록 성스러운 산속에 음식물 쓰레기를 버리는 사람은 이성을 가진 인간이 되기를 포기하는, 산의 영혼에 쓰레기를 뿌리는 무뢰한과 같으니라.”

“모처럼 산을 찾아 오르는 날 확성기, 라디오, 테이프 크게 틀고 고성방가 떠들며 산을 오르는 사람들이여! 세속에서 그 소리들이 지겹지도 않았던가? 그 소리들을 피하기 위해 산을 찾아오지 않았는가? 산에는 산의 세계가 있고 산의 사생활이 있다. 산은 인간의 침입을 경계한다. 산의 생명체는 사람의 목소리 발자국 소리에 두려움을 갖는다. 문명의 소리에 고통을 느낀다. 산은 산사의 종소리, 목탁, 불경소리, 그리고 야호를 최소한으로 허용한다. 산에 들어서면 산의 순리에 순응하라. 산 냄새 맡으며 산의 소리 들으라. 새소리, 물소

리, 나무잎사귀 소리, 산바람 소리에 세속의 번뇌를 잠
재우라. 산은 대자연의 사원이다. 평화롭고 조용한 산
의 질서는 사람이 세상 살아가는 이법理法의 근원을 계
시한다.산에서 라디오, 테이프 크게 틀고 큰 소리 떠드
는 등산인은 기도 시간에 큰 소리로 유행가를 부르는
사람들이다. 꿈속에 잠들어 있는 신생아를 소음으로
괴롭히는 자가도취자들이다."

"등산로를 이차선 삼차선으로 개척하는 등산인들이여!
하늘에 길이 없고 바다에 흔적이 없듯이 산도 본래 길이
없는 곳이다. 산은 인간이 침범하는 족적으로 상처 입
는다. 최소한으로 양해되고 있는 지정된 등산로 이탈하
는 자는 무법자다. 특히 등산로 가에 줄쳐 있는 로프 줄
이나 철망을 넘어가는 것은 등산인의 수치다. 명산마다
혈관처럼 뻗어 있는 하얀 등산로가 반들반들한 신작로
처럼 되어 버렸다. 명산은 등산로 상처로 밤마다 신음
한다. 산은 경기장이 아니다. 탐험장이 아니다. 있는 그
대로의 섭리로 살아가는 생명의 공간이다. 등로 길을
이탈하여 이차선, 삼차선으로 개척하는 등산인은 신성
한 산을 강간하는 폭군들이다."

2. 사람과 산은 우주의 한 구성원이다.

"사람과 산은 우주의 한 구성원이며 지구의 한 가족이다. 그런데 등산 예찬의 과잉이 등산 죄악으로 나타나고 있다. 삶의 질을 높이기 위한 사람들의 등산 문화 확대가 사람과 산의 관계를 적대화 시키고 있다. 근래 급격한 등산 인구의 증가는 등산 인파를 형성하고 휴일의 등산 인파는 전국 방방곡곡 명산의 침략군으로 전락되고 있다. 온종일 등산 인파로 상처 받은 명산들은 신음하고 통곡소리로 밤을 지새운다."

3. 죽어 가는 모습을 보라.

"오솔길 등산로에서 길짐승 날짐승의 배설물을 보지 못한지 오래다. 한 겨울 온 산 뒤덮은 하얀 눈 위에 짐승들의 발자국이 없다. 인적에 놀란 산꽃들의 색채가 말라 간다. 향기가 죽어 간다. 벌, 나비 찾아오지 않는다. 산 속 약초 냄새로 황홀감 느낀 적이 언제였던고. 명산 중턱 올라서야 겨우 그것도 어쩌다 송진 냄새 스며 온다. 청아한 산골짝 개울물 속에서 보석처럼 빛나

던 조약돌들이 개울 바닥에 알몸 드러내고 흙먼지 덮어
쓰고 있다. 심산유곡의 물맛이 가고 산의 색채, 형상,
풍경들이 일그러져 간다. 있는 그대로의 순수성 잃어
가는 산은 산다운 감동 주지 못한다. 신선한 산바람,
산 공기가 사람 냄새, 문명의 악취 뒤섞여 정화능력 잃
어 간다."

4. 노랑 새는 찾아오지 않을 것이다.

"휴일마다 명산으로 명산으로 운집해 오는 수많은 등
산 인파에 시달리는 산 식구들이 어디론가 자꾸만 떠나
고 있다. 억만년 대대로 살아오던 고향을 고통과 슬픔
으로 떠나고 있다. 날짐승, 길짐승들이 뭉개져 가는 산
비탈 너머로 어제도 오늘도 피난빈처럼 떠나고 있다.
철마다 향기로운 봄을 불러 주던 꾀꼬리가 행여나 했지
만 올해도 찾아오지 않는다. 어린이 늙은이에게도 다정
한 친구가 되어 주던 그 노랑 새는 아마 명년에도 찾아
오지 않을 것이다. 이 산 저 산에서 메아리 치던 소쩍새
뻐꾹새도 올해는 이 산에서만 울고 저 산에선 울지 않
는다. 아마도 명년엔 이 산에서도 울지 않을 것이다."

5. 산은 살아 있는 생명체다.

"산은 사람과 마찬가지로 살아 있는 생명체다. 산 흙은 산의 살이고 바위 암벽은 산의 뼈이다. 연봉 능선은 골격이고 산봉우리는 산의 머리이며 계곡은 산의 배설관이다. 골짝에 흐르는 물은 산의 피다. 산 흙 속에선 오장육부가 꿈틀거리고 있다. 산세는 품격이고 정기이다. 나무와 풀잎, 산꽃들은 이산화탄소를 들이 마시고 사람들에게 산소와 아름다움을 공급해 주는 귀여운 산의 딸들이다. 날짐승 길짐승은 산의 가축이고 애완동물이다. 풀벌레, 애벌레, 열매와 낙엽은 산 속의 귀염둥이 개구쟁이다. 산 바람은 이 산에서 저 산으로 소식 전해 주며 산의 역사 쓰는 최후의 증인이다. 그리고 산신령은 산의 영혼이다. 산 식구들이 모두 떠나고 나 산신령마저 등산 인파에 짓밟혀 죽는다면 어찌 그 산을 산이라 하며 그 곳에 사람의 영혼인들 어찌 살아남을 수가 있겠는가?"

6. 위선자가 되지 말라

"무릇 등산인들이여! 산을 사랑하되 산을 괴롭히는 위선자가 되지 말라. 휴일 저녁 명산의 통곡 소리 들은 적이 있는가? 온종일 수많은 등산 인파에 짓밟힌 상처로 악몽에 시달리는 명산의 신음 소리 들은 적이 있는가? 등산인들이여! 산신령인 나의 눈물을 닦아 다오."

이토록 산신령의 애절한 '등산인 고발' 을 현대 등산인들은 어떻게 받아들여야 할 것인가? 등산인으로서 산의 영혼 앞에 옷깃을 여미고 고개를 숙인다.

자연의 빚쟁이

칠십 평생 이 날까지 하늘 땅 빌려 쓴 값이
얼마나 될까요?
한 푼 없이 햇빛, 달빛 사용해 왔지요.

내 생전 이 날까지 숨쉰 공기, 마신 물 값이
얼마나 될까요?
산, 바다 공짜 이용했지요.
고마워 한 적 없고요.

날 낳아 주신 어버이 은혜
못 다함, 후회한 적 있어도
자연의 은혜, 으레 그러려니 해왔지요.
날씨 안 맞으면 오히려 짜증만 냈지요.

고대엔 천신 지신에게 제사 올렸습니다.
위선이었을까요?
조상들은 축복받으며 자연으로 돌아갔습니다.

등산 조화

나의 등산 선언문

1. 사람과 산은 우주의 한 구성원이며
   지구의 한 가족이다.

2. 산은 살아가는 생명체다. 산이 병들면 사람도 병든다.

3. 산은 성지 찾아가는 마음으로 오른다.

4. 산의 순리에 순응하며 느끼고 깨닫는 것을
   생활의 지침으로 삼는다.

5. 산은 선한 것을 가까이 하고
   악한 것을 멀리하는 힘을 길러 준다.

6. 산의 아름다움 추구는 정화이며 수행이다.

7. 산의 아름다움을 후손들에게 물려줄
   의무가 있다.

8. 산은 정복의 대상이 아니다.
   건강의 훈련장이 아니다.
   산은 원시가 살고 있는 자연의 마을이다.

9. 산에서 담배 피우고 쓰레기 버리는
   행위는 섭리攝理의 반역 행위이다.

10. 입산할 땐 자기 규제를 통한 산의
    동의를 얻어야 한다.

용서하소서

우주의 한 구성 분자이거늘,
자연의 한 종種이거늘,
이종異種인 양 자처해 온
저를 용서하소서.

준 자가 누구인지도 모르면서
받아 온 이성 때문에
만물의 영장으로 자처해 온
내 역사를 용서하소서.

이성을 가진 인간만이
신과 통할 수 있다,
만물 지배한다 생각해 온
내 오만을 용서하소서.

하늘, 땅, 산, 바다 바라보면
절로 고개 숙여지거늘,
이제 저도 우주와 자연의
한 식구임을 깨달았습니다.

하늘에 무엇을 담을까?

개벽 이래 이 세상 안아 살펴 온
저 높고 푸른 하늘에,
통째로 비어 있는 저 광활한 하늘에
무엇을 담을까?
태양은 무엇이든 담으라고
불까지 밝혀 주는데.
사랑, 자유, 평화, 소망
또 무엇을 담을까?
하고 싶은 욕심을 담을까?

허나 막상 담을 것이 없네.
채울 것이 없네.
150억년 동서고금 다 담아도
낮엔 빛으로 채우고
밤엔 어둠으로 가득 메워도
항시 비어 있는 하늘이거늘.
차라리 내 마음 담아 볼까?
아니 저 하늘 통째로

내 마음 속에 담아 볼까?

그럴라치면 그럴라치면
내 마음도 통째로
저 하늘처럼 비워야 하는데,
허나, 욕심이 모아 온 것들,
자질구레한 하찮은 것들,
어디에다 버리지?
버릴 곳은 깨닫는 곳.
깨닫는 곳에다 버려야지.
아! 저 하늘에 무엇을 담을까?

기도

심산유곡 깊은 산 속에서
바위처럼 홀로 앉아
기도 올리네.
하고 싶은 소망 모두 이루어 달라고.
그런데
하고 싶은 소망 너무 많아서,
그 많은 소망이 너무 무거워서,
기도는 내 영육 짓눌러 버렸네.

육중히 솟아 오른 산봉우리
대지에 무릎 꿇고 푸른 하늘
바라보며 기도 올리네.
있는 대로 없는 대로
이루어진 대로 안 이루어진 대로
그 기도는 순리 따라
살겠다고 다짐하네.

대자연은 우주의 대도大道

깨닫고자 기도 올리고
난 하고 싶은 욕심
이루어 달라 기도 올리네.
그런데, 오도悟道의 문
두들기는 산의 소리 들려오네.
오도의 물집 적셔 주는 산 냄새
스며 오네. 순리 다짐하는 기도 올리라고.

계절

계절은 제 아무리 시간이 흘러가도
나이, 늙음, 죽음이 없는 불사조.
철 따라 시간 공간 물들이고 윤회하며 부활하는 나그네.
허나 그에 순응하고 감동하는 나에겐
윤회하며 부활하는 내 계절이 없다.

계절은 봄, 여름, 가을, 겨울 지상에 전시하고
철 따라 나의 느낌 흥정하는 흥행사.
허나 어느 한 계절 사 보려고 흥정하면
셈도 없이 떠나 버린다.
아마도 계절은 이웃 세상인가 보다.

계절의 고향은?
남극 북극 선남선녀 밀회하다
사랑 껴안고 주저앉아 버린 곳.
지구의 허리에 사계의 천국 만들었다.
먼지 없고 녹슬지 않는 그들만의 세월,
내 세월 훔쳐 가는 얄미운 나그네.

시월의 단풍

시월의 단풍은
잔인한 사월의 화답인가?
예고된 종말의 광기인가?
사십대 여성의 몸부림인가?
아랑곳없이
가을 하늘은 높고
살 찐 말의 성기는
왕성하기만 하다.

바람의 얼굴

바람아, 시원한 산바람아.
네 얼굴 한 번 보자구나.
얼마나 예쁘면
이처럼 감질나게 유혹만 하는가!

바람아, 향기로운 바람아.
네 손목 한 번 잡아 보자구나
얼마나 고우면
이토록 부드럽게 어루만져 오는가!

바람아 산들바람아.
네 몸매 한 번 안아 보자구나.
초목 만나 춤추면서
왜 내 손 잡곤 춤추지 않는가?

흔적 없이 왔다 가는 너.
무에서 유 창조하는 바람아.
네 위치는 알 수가 없어.
네 쉬는 침실 한 번 들고 싶구나!

한 점의 바람이 역사를 쓴다.

이름도 없는
한 점의 바람이
우주의 놀이터에서
시간과 공간을 밟는다.
이 세상 역사를 쓰기 위해.

흔적도 없는
한 점의 바람이
준봉에 앉아 있는
솜털 사이로 스며든다.
내 맘 속을 쓰기 위해.

어제도 오늘도
찾아 온 바람이
태고의 추억 더듬는다.
있는 그대로 쓰였는지
있는 그대로 쓰기 위해.

바람이여! 그대는 누구신가?

느낌은 확실한 데 보이지 않는,
있으면서 없는, 없으면서 있는 그대.
우주의 방랑잔가?
대지의 나그넨가?
움직이는 섭리잔가?

평화가 지루할 땐 성난 폭풍으로
지구의 살점 흩뿌리는,
구름 몰고 다니며 번갯불로 세상 찢는 그대
조화의 마법산가?
권태의 평정잔가?

천지가 웃으면 푸른 하늘 전시하고
연인 간질이는,
만인 유혹하는,
이 세상 춤추게 하는 그대.
풍월 좇는 메아린가?
유토피아 한량인가?

내 맘 외로울 땐
성탑, 산사 종소리 싣고 찾아오는,
세상사 들려주며 근심 걱정 씻어 가는 그대.
자비의 천사인가?
요순의 사자인가?

그대 미소 지을 땐 꽃 파는 소녀.
머리카락 나부끼는, 젖가슴 스며드는,
밀월의 등불 흔들며 향기 뿌리는 그대.
사랑의 수호천산가?

봄바람, 여름바람, 가을바람, 겨울바람
그대들은 형제들인가?
궁궐, 달동네, 시궁창 유람하는 그대.
자유 평화 사랑 나눠주는 순례잔가?

나무

바람에 흔들리는 나무 끝이
푸른 하늘에 시를 쓴다.
너울거리는 가지 사이로
그 시 읊조리는 나무들의 목소리
감미롭게 흘러내린다.

만나면 미소 짓고 안아주는
나무들이 없다면
어찌 대자연의 향기에
젖을 수 있으랴! 서 있는 그대로
움직이는 그대로 진, 선, 미로다.

연인 찾아오면 춤추고 지나가면
기도하는 천사.
말없이 넘실거리는 신선함이,
순결함이, 정직함이, 이 세상에
기쁨의 푸른 천국 이루도다.

폭소 터뜨리는 수박

정오의 폭염이 땅을 달구고
맞불이라도 놓은 듯
녹음방초 푸르다 못해 검은 빛 토한다.

산과 들 뒤덮은 정렬의 넋을 삶아 먹을 듯
작열하는 지열이 쏟아지는 불볕을 애무한다.

땀에 젖은 산봉우리에선
어느 화가의 손끝인 듯
솟아 오른 구름 조각들이 햇빛을 자른다.

산등성 소나무 밑 둥지에 앉아 있는 내 무릎에선
둥근 수박이 폭소 터뜨린다.

함께 살아가는 이유

1. 봄

붙들려 하면 어느 새 도망가 버린 봄.
만발하여 흥겹다 싶으면
뿌리치고 훌쩍 떠나 버린 봄.
날 속이는, 평생 속아 온 봄.
허나, 지고 싶어 꽃이 질까,
세월에 못 이겨 지는 거지.
도망친다. 봄인들 못 잡을까,
다시 만나고자 놓아 주는 거지.
얄밉고 예쁘고 그리운 봄.

오늘만은 봄을 붙잡았다.
산 능선 기암 틈바구니에
피어 있는 진달래꽃이 날 보고 웃는다.
'봄이 왔다' 고~.
부풀어 오른 연녹색 잎망울들이 입술을 내민다.
'새 봄을 물들인다' 고~.

한 쌍의 진객이 바로 머리 위 가지에 앉아
'봄이 즐겁다' 고~.
함께 노래하자고.

푸른 하늘에 발 담근 한 조각구름이
푸른 호수 백조처럼 고요를 어루만진다.
사방 천지 산이 산으로 이어지는 준봉 능선,
아지랑이 지평선에서 새 봄을 부화한다.
산골짝 골짝마다 흘러내린 개울물이
오늘은 들 길, 마을 길 개나리 피우겠지.
꼬리 내린 바람이 부드러운 봄을 돋운다.
놓칠세라, 난, 산상의 봄을 붙들어 맨다.

2. 가을

오늘 유난히 높고 푸른 가을 하늘이
풀벌레 소리 슬퍼하지 않으며

무릇 떠나가는 가을 길을
용서와 인자로 활짝 열어 준다.
한 여름 화났던 태양도 불볕 거두고
삼라만상에 시원한 가을빛을 베푼다.
한 동안 불호령에 못 견디어
북쪽으로 귀양 갔던 찬 바람도
다정히 찾아와 가을 채색하며 열매를 딴다.

토실토실 살 오른 활엽들이
가을 능선에 축 늘어졌다.
온 여름 푸른 옷에 싫증난 샘 많은 나무 잎사귀들이
들국화 피기 전에 노랑머리 물들이고
너울거리는 노을빛에 단풍 노래 부른다.
하지만 독야청청 소나무는 노랑머리 솎아 내며
계절의 노래 부르지 않는다.
청산의 명예를 위하여.

산은 몇 살일까?

현대 과학의 추정 나이.

우주 150억 살.

지구 45억 살.

곤충, 어류, 식물류 6억 살.

파충류, 나자식물류 2억 5천만 살.

산, 조산운동 때부터 1억 8천만 살.

산, 솟아오를 때부터 6천만 살.

포유류 6천만 살.

인류 250만 살.

근대 등산 200살

산은 다섯째 형이고 난 막내다.

내 밑에 태어난 등산은 끝 막내다.

산과 사람의 관계는 250만 년전 무렵부터 시작되었다.

허나 삼라만상은 아무도 자기 조상이 누군지 모른다.

창조주는 그 기록을 남기지 않았다.

우주는 고아 집단이다.

서로 사랑하고 의지하며 함께 살아가는 유기체다.

땅 위에 생물, 무생물이 있고
그 위에 산이 있고, 그 위에 구름이 있고
그 위에 해와 달이 있고, 그 위에 별이 있고
그 위에 우주가 있다.
삼라만상은 다 함께 살아가야 하는
우주의 한 구성원이다.

산이 보는 사람의 세상

현대 도시인들

꽃 피는 계절이 예쁘게도 웃고 있는데
그 꽃 보지 못한 그 사람은
향기롭게 스며 오는 향기에도
코가 막혀 버린 벌, 나비.
인도의 낙엽이 밟혀도 가을을 모르는
문명의 파수꾼.
'바빠서' 의 포로가 되어 버린 그대.
부모 형제 친구도 잊은 채
자신의 나이마저 잊어버렸다.

시간 공간 휘젓고 다니는
공포와 전율이 그토록 좋은데.
푸른 하늘, 반짝이는 별이 무슨 소용.
차라리 문명의 노예 생활이 더 짱이지.
누구와도 바꿀 수 없는 누구도 대신할 수 없는
감성과 실존의 주인은 나지. 나란 말이야.

도시는 내 세상, 내가 사는 세상이야.

산기슭, 들녘, 푸른빛이 밥 먹여 주나?
서울로 가야 돼 서울로,
이곳에선 소음도 음악이고 악취도 향기롭지.
밟히고 밀치는 일, 지하철에서 훈련 받으면 돼.
괜찮아 평지의 무례 그냥 지나가도 돼.
성탑의 종소리도 졸고 있는데 뭐.

인과 법칙에 정복되어 버린 컴퓨터 세계.
디지털이 메시아가 되어 버린 미래 세계.
내 유성은 그 곳을 향해 흐르며 빛나지.
내려다 봐, 정신은 나가도
세상은 발전해 가고 있지 않아?
허나 과연 인간이 살아가는 우주의 프로그램은
어떻게 짜여 있을까?

한양 땅 필마로 돌아들어 보니

근세조선 오백년 도읍지 한양 땅
필마로 돌아들어 보니.
옛 조선 땅은 두 동강 나고 옛 한양 땅은
반쪽 서울이라네요.
남쪽 북쪽에 두 임금이 자리하고
백성은 불사이군不事二君, 두 임금 섬기면 역적이라네요.
이상한 일은 통일은 모두 한결같이 원하면서
통일 좋아하는 사람, 통일 싫어하는 사람으로 나눠져
있다네요.
그리고 자기 조상이 어느 편에 속해 있는지는
그 후손들이 가리게 된다네요.

어찌하든 차설하고, 반쪽 서울이나마 옛 한양 터
당도해 보니,
북한산이 병들고, 한강이 썩어 가네요.
고층 빌딩 아파트 숲으로 바람과 햇빛,
물기의 통로가 막혀 버렸네요.
성스러운 흙냄새 풍기던

옛 한양 땅바닥은 온통 아스팔트, 시멘트로
짓이겨 발라서 땅의 숨통을 틀어막아 버렸네요.
참으로 놀랄지어다!
절세의 명당 한양의 풍수지리가 질식해 가네요.
고층 아파트 빌딩 숲으로 우거진 도심 속에
가득 찬 자동차들이 굉음 울리며 재앙 뿌리고 다니네요.
가로수는 소음과 악취와 먼지 연중 뒤집어쓰고요.

도심의 밤거리는 태양의 등불처럼 반짝이고
어쭙잖은 문화의 열병이
미친 여자의 광기처럼 불타고 있네요.
그 불길에 타 버린 겸양의 미덕은 하얀 재가 되어
하늘까지 잿빛이네요.
낭만이란 유산마저 분실해 버린 경쟁의 전사들이
하얀 잿가루 흩날리며 죽어라 달리고만 있네요.
달리는 경주마에 서로 먼저 올라타려고 아우성 이네요.
전사들의 눈동자는 마치 독기라도 풍긴 듯 상기되고
우승자의 깃발엔 자신의 박수 소리만 들린다네요.

일등이 못된 전사들은 낙엽처럼 저음으로 굴러다니네요.

서울 문 안엔 우주의 자유가 질투할 만큼 날마다
풍요에 넘친 자유의 소리가 흥청거리네요.
네 자유보다 값이 비싼 내 자유를 사달라고
집회자들이 임금님 호령하네요.
두 동강 난 북쪽에선 자유에 굶주려 피골이 상접하고
남쪽에선 자유의 홍수로 바위가 굴러간다네요.
허나, 서울의 임금님 자리도
썩은 냄새 대대로 가시지 않는다네요.
세종 대왕의 인자는 아직 입성할 차례가 덜 되었나 봐요.

국사를 의논하는 여의도 궁전의 일부 광대들이
시정잡배보다 싸움질을 더 잘한다네요.
이들의 시도 때도 없는 이전투구에
이 세상 눈과 귀가 지쳐 있다네요.
신선한 선비들은 왕따당하고
절개 없는 카멜레온이 득세한다네요.

위정 잡배들은 입 속이 터져라 밥알을 씹으면서
"난 밥풀떼기 한 개도 먹은 일이 없다"고 외친다네요.

아니 독재 시대 그리워 밤낮 울어대는
일부 언론 매체들이,
민주화 시대엔 배고파 못살겠다 징징대는
일부 언론인들이
미운 놈 실컷 두들겨 패다
아니면 말고나 유행시키고
기껏 하는 짓이
밝은 해가 중천인데 등불이나 밝혀들고 다니고
봄 빗물이 사방 천지 넘쳐흐르는데
물이나 뿌리고 다닌다네요.
더 슬픈 일은 동방의 예복은 거지 옷이 되고
드높은 덕목도 돈에 팔려 다닌다네요.
돈이 있으면 선이고, 돈이 없으면 악이라니
인륜, 자유, 사랑, 평화도 돈이 있어야 이루어진다네요.

어즈버 서울의 태평연월이 어느 세월에 이루어질까?
산 절로, 수 절로 간데없고
나 절로 어찌할 바 없네.
허나, 세월은 녹슬지 않기에,
자연의 근원이 살아 있기에,
나쁜 사람보다 좋은 사람이 더 많기에,
끝까지 구원 받으려는 믿는 자가 있기에,
천진한 새싹들이,
이치를 파고드는 미래의 설계자들이
오늘도 밤을 밝히고 있기에
내일이면 푸른 하늘 보이겠지……．

북한산 대남문 성터에선
조상들의 성벽 쌓는 소리가
오늘도 메아리치고 있는데……．

배꼽과 유방

머슴애들의 변

우리는 항시 여름을 갈망하지,
슬픔이나 고독을 말리기 위해서가 아니야,
푸른 하늘 아래 뜨거운 태양 볕에
연꽃처럼 피어 있는
아름다운 배꼽 세상 찬미하기 위해서지.

배꼽이 없는 거리,
배꼽 웃음이 없는 공간은 외롭고 쓸쓸해,
문화의 거리가 아냐, 우리의 공간이 아니야,
우리가 걷고 있는 세상은 과거도 현재도 아니야,
우리는 한 발 앞서 가는 미래에 살고 있는 거야.

배꼽이 보이지 않는 계집애는 싫어,
과거의 포로가 싫어,
바람 빠진 축구공이 싫어,
자! 이제 내 손을 잡고 일어서 봐,

네 배꼽은 빛나는 별처럼 아름다워,
네 배꼽은 네 것 만이 아니야 우리 모두의 별이야.

푸른 하늘 푸른 바다 작렬하는 태양 볕에
네 배꼽 활짝 웃겨 봐.
티셔츠 끝자락 핫팬츠 허리춤 사이에서
아슬아슬 웃는 배꼽, 다소곳이 웃는 배꼽,
심산유곡 기암괴석 틈바구니 피어 있는
진달래꽃처럼 아름다워.

배꼽이 없는 거리는 우리 거리가 아냐.
배꼽이 웃는 공간은 우리 모두의 공간이야.
아름다운 배꼽 세상 찬미하며
미래의 대지, 가능의 천국 향해
우리 모두 함께 춤을 추자.

계집애들의 변

우리는 미美의 덩어리야.
대지는 계절이 치장하고
인간 세상은 우리가 치장하지.
대자연이 계절 따라 아름다움 자랑하듯
미의 전시 욕구도
계집애들의 달콤한 속성이거든～.

하지만 머슴애들아 착각하지 마～.
배꼽의 전시는 너희들을 위해서가 아니야,
내가 좋고 즐겁기에 내놓은 거야,
새장의 문 활짝 열고 대기 속으로 날아가는 새처럼
깃털보다 가벼운 날개 단 듯,
즐겁고 좋기 때문이야!

내 배꼽 우리 모두의 별로 생각하는 것은
문화의 자유이지만 ～.

친구 머슴애들아 내 말 잘 들어.
또 한 가지 착각하지 마.
너희들은 이대로 가면 머지않아
내 유방까지 출렁출렁 내놓으리라 생각하지?

그 유방이, 벌린 입에 홍시처럼 떨어지리라 믿지?
하지만 그것은 결코 아니야, 결코 아니야,
하긴, 하얀 가슴에 복숭아 빛 같은 유두 빛,
노란 꽃 봉우리처럼 솟아 있는 젖몽우리,
이 세상 부드러움 다 차지한 살빛,
유방은 미의 덩어리 중의 미의 덩어리지.

그런데 내 배꼽은 내 것이지만
내 유방은 내 것이 아니야,
창조주가 인류의 생명천泉으로
내 가슴에 붙여 위탁해 놓은 성봉聖峰이야,
난 젖가슴 모시는 수호천사가 되어야 해.
브래지어는 인류의 생명 보호대란 말이야.

내 좋다고 내 맘대로 내 놓을 수 없어,
더러 키스는 해도 유방은 함부로 내놓지 못해,
인류의 성지야, 헛튼 생각 마~.
너희들도 내 유방을 위해 종을 울려야 해,
무릎 꿇고 존경의 기도 올려야 돼,
이것은 우리 계집애들이 마음속 깊이 간직한 진리야.

합창의 변

미래는 하드가 침몰하고
어머니 같은 부드러움이 지배하는 세상이야,
우리의 배꼽은 부드러움 상징하는
어머니의 도장이야,
우리는 어머니 세상을 창성해 가는 거야.
이제 왕관, 장군 모자의 별들이
새벽 별처럼 빛을 잃어 가는 거야.
여명을 알리는 어머니 피아노 소리에

우리들의 부드러운 노래 듣게 되는 거야,
배꼽이 활짝 웃는 세상
새 아침이 열리는 거야.

아름다운 배꼽 세상이여!
우주의 광장에서 활짝 웃어라,
아름답게 피어라!
부드러운 세상으로 유혹하라!
낙엽은 떨어져도 배꼽은 감추지 말아다오.

하드가 침몰하는 바다 위에 비치는 별처럼
빛나는 배꼽이여!
어머니처럼 부드러운 세상을 향해,
가능의 천국 향해,
우리 모두 함께 음악을 울리자.
춤을 추자. 축배를 들자.

시골 마을

삼백년 세월의 정자나무 밑에
앉아 있는 하얀 늙은이,
신작로 달리는 자동차 바라본다.
중얼거린다.
"다들 어디로 떠나는 거지?
가을에 빨개진 감은 누가 따라고!"

콘크리트 골목길에 세워진
가로등 불빛에 반짝이는
은행나무 잎사귀 사이에서
한 밤중에 매미들이
대낮처럼 울어댄다.

집안엔 달빛 맞이할 사람이 없다.
옆방 아이 숨소리는
서울로 떠난 지 오래다.
뒷방 아이 기침 소리도
도회지 소음 친구 되었단다.

어릴 적 그토록 깔깔대고
비좁았던 골방들이
이젠 헌 양말 한 짝 없다.
이렇게 넓은 광장이 되어버렸다.
하늘처럼 비어 있는 광장이.

병들어 허물어져 가는 옆집 몸채,
잡초 무덤 같은 앞집 장독,
쥐새끼만 부딪치는 뒷집 외양간,
무성한 잡초 속에 한 역사가 묻혀 가는 마당에
신선한 공기만이 흐느낀다.

우물 속 맑은 샘물,
쉬어 가던 밝은 달도
쓸쓸히 지나가 버린다.
두레박 아낙네 간데없고
비추던 거울마저 묻혀버렸지.
오늘 밤에도 예나 다름없이

마을 지켜 준 산기슭에서
소쩍새는 울어댄다.
들어 줄 사람 그리워
붉은 피 토하며 울어댄다.

아침 이슬 풀 냄새
싱그럽던 논두렁이
신작로로 대 출세 했단다.
농부가는 자동차에 실려 가고
개구리만 논바닥 주인 찾아 울고.

어머니

내 자식을 살려 주세요
자식만 살려 준다면
내 눈을 드리겠습니다.
귀, 코, 이도 드리겠습니다.
자식만 살려 준다면
팔과 다리도 잘라 드리겠습니다.
아니, 내 자식만 살려 준다면
이 생명도 바치겠습니다.
이다지도 간절히 애원하고
소원하는 분은 누구이십니까?
오직 이 세상에 한 분이신
'어머니' 이십니다.

공주, 왕비, 현모, 양처,
노예, 죄인, 창녀, 미녀, 추녀
무슨 상관입니까?
열 달 동안 자기 뱃속에
태아로 보존하고 기르신 분은

오직 이 세상에 한분이신
내 '어머니' 이십니다.
이 세상에서 가장 거룩한
'어머니' 란 말.
그 밖에
또 무슨 말, 또 무슨 신분이
소용 있습니까?

내가 처음 임신되었을 때,
어머니 뱃속에서 열 달 동안
자라고 있을 때,
그리고 이 세상에 처음 태어났을 때,
성당, 법당, 교회, 대통령, 덕망가
그 누구도 알지 못했고
관심도 없었습니다.
축하 한마디 해 주지 않았습니다.
오직 이 세상에 한 분이신 내 '어머니' 가
바위처럼 무겁게 부풀어 오르는

자기 배를 쓰다듬으며
내 숨소리, 내 발차는 소리 기뻐했습니다.
자신이 죽을지도 모르는 산고 겪으며
나를 낳아 주셨습니다.

탯줄을 끊고 날 쳐다보시는 어머니 눈빛,
어머니 미소는 인간 최고의 선이며,
진실이며, 아름다움이며, 축복입니다.
이 경지는 감히 신도 침범하지 못합니다.
설사, 과거에 잘못 저지른 일 있다 해도
이 경지에서만은
'어머니' 란 이름으로 모두 용서되어야 합니다.
진자리 마른자리 갈아 눕힐 때,
맨 처음 첫발 내딛을 때,
맨 처음 엄마라 부를 때,
그 때마다 미칠 듯이 성스럽게 기뻐하신 분은
오직 이 세상에서 한 분이신 '어머니' 이십니다.

난 지금 생각하고 있기 때문에
이 세상에 존재하는 것이 아닙니다.
어머니가 날 낳아 주셨기에
이 세상에 존재합니다.
낳은 것보다 기르는 일이 어렵고
가르치는 일이 더 어렵다 하지만,
날 기르고 가르치는 일보다 더 어려운 일이
날 이 세상에 낳으시는 일입니다.
때문에 어머니 뱃속에서
어머니 젖가슴에서 스며 익은
어머니 냄새는 영원한 내 생명입니다.
죽을 때까지 어머니 냄새는
침해받지 않는, 오염되지 않는 성역입니다.

'어머니' 란 말은 인간이 사용하는 언어 가운데
가장 거룩한 언어입니다.
여자와 어머니는 다릅니다.
어머니 호칭을 받을 수 있는 분은

오직 이 세상에서 한 분,
날 낳아 주신 분이십니다.
'어머니'란 말은
그 자식만이 '어머니 ~'하고 부를 수 있는
성스러운 언어입니다.
어머니, 어머니 마음은
대자연의 섭리이며 신의 마음입니다.
인간의 근원은 어머니에게 있고
어머니 근원은 대자연의 섭리 속에 있습니다.
나라와 종교, 학식은
내 삶의 보존수단일 뿐입니다.

지지리도 못난이

무엇 하나 똑똑히 해 보지도 못하고
강 건너 버린 나.
그 똑똑히 해 보고 싶은 일이
무엇인지도 모르고 강 건너 버린 나
후회만 하는 못난이.

분명한 것은 창조주가 배분해 준
내 삶의 시간,
어떻게 썼는지도 모르고,
무엇엔가 쫓기는 일이 일상인 양
살아온 못난이.

삶의 강폭 조금만 넓혀 달라고?
시간도 더 달라고?
막상 그 소원이 이루어진다 해도
그 시간 무엇에 쓸 것인지 모르는
지지리도 못난이.

주름

내 이마 주름이
저 잔잔한
물결이라면
바람 잘 땐
사라질 텐데.

슬픔 고통
묻어 주는 산,
삶의 흔적은
너무 골이 깊어
메울 수 없다고.

임자 없는 황진이

무슨 사연으로 하얀 내 가슴
이토록 예쁘게
부풀어 오르는 것일까?
울밑 봉선화처럼
바위틈 진달래처럼
피어나고 싶어 이렇게도
곱게 피어오르나 보다.

백옥 같은 하얀 손으로
한 남자의 앞가슴
단추 풀어 주느니
사랑에 목마른 온 세상사람
내 부드러운 가슴에
안아주리. 안아주리.

향기로운 자유의 꽃이여!
한 사람의 그늘 속에
밤꽃으로 피어나느니

풍월이 세월로 엮어지는 삼라만상,
유람하는 나비인들
어떠하리. 어떠하리.

어둔 밤 익어 가는 입술
하늘에 입 맞추고 싶어라.
어디 내 별 찾아 헤매느니,
성좌의 꽃밭 홀로 앉아,
별빛 나눠주다
새 아침 맞이하리.

초가집 새어 든 달빛이
엄마 젖꼭지 빠는 소리에
잠이 들었나 보다.
세상은 모르나
생명을 읊으는 그 아이 울음소리
내 그 엄마였으면!
내 그 엄마였으면!

허망한 존재들

이 세상에 제일 작은 것이 알맹이 없는 것이라면
그 제일 작은 알맹이 없는 것이 존재하는 것일까?
이 세상에 제일 큰 것이 껍데기 없는 것이라면
그 제일 큰 껍데기 없는 것이 존재하는 것일까?
빛보다 빠른 것, 빛보다 고운 것이 있다면
난 거기에서 무엇을 얻을 수 있을까?
이들은 허망한 존재들인가?

바람으로 이루어 나는 퉁소 소리는
무無에서 태어나 무로 사라지는 것,
무가 영원한 존재라면
눈에 보이지 않는 내 욕심은
무엇을 얻으려 발버둥일까?
욕심은 세월을 위해 존재하고
세월은 흐르기 위해 존재하는데,
난 어찌 흐르는 것을 붙잡으려 하는가?
아무 것도 못 가져간다는 것을
이 세상이 다 알고 있는데, 허망한 존재들.

창조주께서 빌려 주신 시간?

창조주께서 저에게 빌려주신 시간을
거의 다 써 버렸습니다.
평생 시간을 붙잡기 위해
시간에 쫓기던 그 시간들이 바닥이 났습니다.
이제 남아 있는 시간이 얼마나 됩니까?

시간의 시작과 끝이 있는지 전 모릅니다.
허나, 만물에 점지된 세월이 있듯이
창조주께서 제가 태아로 입적할 때
제 인생 시간을 처음과 끝이 있는 것으로
점지해 주셨지요.

그런데 진눈깨비 뿌리듯 시간을 낭비하였습니다.
이제 저축해 놓은 시간도
전, 월세로 빌릴 시간도 없습니다.
저희 세상엔 많은 시간 사용하면
덤으로 시간을 더 주는 '마일리지' 가 있는데요.

허나, 창조주 이시여! 전 깨닫고 있습니다.
이 세상엔 재귀와 불멸의 등불이 없다는 것을.
이승의 시간과 저승의 시간이
강물처럼 이어져 흐른다는 것을.
저의 태아로의 입적도
흐르는 강물 위에 떨어진 한 잎의 풀잎이란 것을.

어머니 냄새

한 다발 보릿대 짚을 마당 한 구석에
갖다 놓고 불을 지피는 어머니,
외양간 앞 쌓인 소 먹이풀 한아름 안아
툭툭 튀는 보릿대 짚 불꽃 덥석 덮어,
솟아 오른 연기로 온 집안 모기 쫓아 주신
어머니 냄새가
오늘도 저를 보살펴 줍니다.

온 종일 들녘에서 일하시다 모처럼
저녁 마당 깔린 덕석 위에 앉아 있는
아들 보고 미소 지으신 어머니.
아직 땀에 젖은 자신의 삼베 적삼
마르지도 않았는데,
그저 이래저래 부채 저으며
아들의 더위만 식혀 주신 어머니 손길이
오늘도 저를 안아 줍니다.

반짝이는 별빛이 떨어지는 덕석 위에

겨우 허리 붙이고 아들 옆에 누우신 어머니,
그저 무언가 아들만을 위함이 모자라서
아쉬워하신 어머니.
아들 가슴에 담아 주려고
별 따러 성좌의 꽃밭 찾아 가시다
피로에 잠든 어머니 냄새가
오늘도 저를 어루만져 줍니다.

사모思母가 불로초란다.

내 자란 마을 동쪽 야산 능선 중턱,
쌍분 속에서 오순도순 사시는
아버지 어머니의 저승 속삭임이
오늘 밤 화목하게 들려옵니다.

아들이 태어난 집 마당 남측 모퉁이에서
이제 거목이 된 은행나무 가지가
고요한 달빛을 흔드니
어머니 발자국 소리 들려옵니다.

오늘 밤은 아버지 어머니
모처럼 쌍분을 여시고
아들 찾아 나들이 하시는 밤.
이승의 모습이 보이는 밤입니다.

생전처럼 젖은 손 치마폭에 닦으시며
부엌 문 열고 나오신 어머니.

"어머니 얼굴은 조금도 늙지
않으셨네요. 저 초등학생 시절
그대로이십니다."

"그래 내가 젊어야 너희들
보살피는 수호천사가 되지,
아들의 사모思母가 불로초란다,
그 불로초를 먹은 덕이란다."

우주의 고민

아름다운 태양의 빛도 황혼에 이르면
어둠에 빠져 죽지 않으려고 몸부림친다.
웅장한 어둠도 여명에 이르면
빛의 그물에 걸려들지 않으려고 몸부림이다.
여명과 황혼, 빛과 어둠에 창조주도
풀 수 없는 비운이 깃들어 있기에
우주의 고민이 있나 보다.
빛과 어둠의 관계가 분명한 것은
한 파트너라는 것.
하지만, 이 파트너는
연인?, 부부?, 형제자매?,
영원한 경쟁자? 불멸의 원수지간?
오늘에도 이 해답이 없기에 우주의
고민이 있나 보다.

빛은 어둠이 소멸하지 않으면
자기 존재를 확인할 수 없고
어둠은 빛이 죽지 않으면

자신의 삶을 이어갈 수 없다.
연인인가? 해서 미소 지으면
상대방은 사라지고,
부분가? 해서 손 내밀면
상대방은 알아차릴 틈도 없이 죽어 버린다.
형제자맨가? 해서 만나려 하면
이 우주엔 그들이 마주 앉아 속삭일 장소가 없다.
원수지간? 이라 해도
서로 너무 의좋게 윤회하며 부활한다.
끝내 빛과 어둠은 별거하는 독신자.
어울려 하나 되는
조화의 능력이 모자란 독신자.

낮과 밤을 공평하게 나눠 점령하는 빛과 어둠,
허나, 만에 하나 빛과 어둠이 서로 어울려 하나 되면
무가 되어 이 세상은 없어질 것 아닌가?
빛은 한 잎의 나뭇잎사귀에 자신이 가려지면
인자하게 그늘 지어 주고,

어둠은 한 개비 성냥불에도 인심 좋게 길을 비껴 준다.
하지만, 태양은 그림자 지우려 집요하게 움직이고
어둠은 달빛마저 없애고자 달이 차면 기울게 한다.

선조들의 경험을 통해 익숙해진 나의 정신세계는
빛과 어둠을, 밤과 낮, 흑과 백, 선과 악, 긍정과 부정,
천당과 지옥, 생과 사까지 비유하여 이해한다.
하지만, 창조주는 내 성품의 근원이 선인지,
악인지 결정지어 주지 않았기에
내 마음 속엔 항시 선과 악이 빛과 어둠처럼
한 파트너로 살고 있다.
악이 죽어야 선이 살고, 선이 죽어야 악이 살아나는데,
그렇다고 선과 악이 서로 어울려 하나 되면
사람이 사람일 수 없는데,
어쩌면 선악의 공존이
인간의 존재 조건으로 생각되는데 …….
우주의 고민이 빛과 어둠에 있듯이
인간의 고민도 선과 악에 있나 보다.

통일이 되는 날

통일이 왔네! 통일이 와
이 강산에 통일이 왔네.
동방의 새 한 땅에
백의민족 하나 되어
'새 한 나라' 이뤄졌네.

에루화 분단 사라졌네.
에루화 통일 살아났네.
부모형제 손잡고
통일 고개 넘어 오가네.
아리랑, 아리 아리랑.

'새 한 나라' 유구하리.
이 아름다운 금수강산,
만방에 빛나리.
통일이 왔네. 통일이 와
이 강산 통일이 왔네.

사람이 보는 산의 세상

1. 천국의 입장료

아마도 산은 지상으로 시집 온

하늘의 딸인가 봅니다.

산은 친정이 그리워 하늘 높이 솟아 오르고

친정에 가고 싶어 하늘 바라보고 삽니다.

하늘은 철 따라 딸네 집 찾아와

사계의 옷 갈아 입히고

태양은 날마다 산 식구들

고운 색채 고운 물들여 줍니다.

가벼운 구름은 산봉우리 쉬엄쉬엄 지나가며

친정 소식 전해 주고

무거운 구름은 생명수 뿌리며

어머니 사랑 베풀어 줍니다.

밤엔 달빛 찾아와 검은 머리 쓰다듬고

성좌의 별들도 함께 내려와

시집간 언니랑 수다 떱니다.

아마 우리 할아버지 환웅께서도

하늘의 딸네 집 찾아와

태백산 거처하시다 단군을 낳으시고

이 나라 다스리기 시작했나 봅니다.

사람들은 옛부터 하늘의 총애 받는 산을
숭배하며 산신제 올렸습니다.
하늘에서 시집 온 산들은
이 지상에 산의 마을 이루고
욕심 없이 순수하고, 소박하고, 자유롭고,
평화롭고, 아름답게 삽니다.
산은 태어날 때부터 신선함으로 꽉 차 있는
천국 품에 안고 천사처럼 삽니다.
사람들은 근대에 이르러 산을 오르기 시작했고
산의 세계와 사람의 세계 사이에
등산로 입구가 생겨났습니다.
그런데 언제부터인가 등산로 입구가
천국과 지옥의 경계선이 되었답니다.
이제 등산인이 명산에 들어서려면
천국의 입장료를 지불해야 합니다.

2. 탈옥의 거부

땅 밟으며 평탄한 대지 위에서 살고 있는
사람들은 친정이 어딘지 본가가 어딘지 모릅니다.
사람 세계는 자기 조상이 누군지 모르고 사는
고아 집단입니다.
아담과 이브가 에덴동산에서
선악과 따먹을 때부터 죄인 세계입니다.
석가여래는 사람 세계를
중생이 고통 참고 견디는 사바 세계라 했습니다.
다행히 하늘은 인간에게
이성을 선물로 주었습니다.
이성을 가진 인간은
생각하고 느끼며 행복 추구합니다.
자기 사는 세상의 발전 꾀하고
문명 문화의 확대로 자신들의 편익, 행복 도모합니다.
때문에 인간은 고통, 죄인의 세계로부터
탈옥의 연민에 쉬 젖어 들지 않습니다.

3. 문명의 악우惡友들

자연의 순리 좇아 여왕벌 따라 모여 든 벌 무리엔

항시 달콤한 꿀 냄새 가득 풍깁니다.

자연의 순리 거부하고 초록빛 마을 떠나

도시로 모여든 사람들은 소음, 악취, 먼지,

매연, 오수, 오염 물질, 스트레스까지

이젠 이들을 문명의 악우惡友로,

문화의 한 식구처럼 함께하며 살아갑니다.

아이러니하게도 도시인들은 다시

푸른 빛 찾아 푸른 빛 삶터 갈망합니다.

초록색 얕보는 인간의 풍요의 추구와 편익의 확대가

인간과 자연의 관계, 적대 관계로 만듭니다.

하지만 사람들은 이와 같은 역설적 현상, 조화롭게

해소해 가는 자기 규제 능력을 잃어 가고 있습니다.

자연과 인간이 지구의 한 가족으로 공존해 가는

상호 유화적 질서 창성하기 위해 이제

감각, 이성 그 위에 있는 '신의 눈' 을 빌려야

할 때가 온 것 같습니다.

사람들은 그 '신의 눈' 을 빌리고자

산을 찾아 오른지도 모릅니다.

4. 등산 예찬, 등산 죄악, 등산 조화

요즘 문명의 악우惡友들에게 시달린 도시인들은
소풍을 즐기는 초등학생처럼 산을 찾아 즐깁니다.
등산을 통하여 수확한 산의 순리와 아름다운 풍경을
삶의 한 영역의 기쁨으로 삼습니다.
근래에 이르러 등산을 삶의 질을 높이는
현대 생활의 일부로 예찬하는 등산 인구가
가히 폭발적으로 늘고 있습니다.
서울의 주변 북한산, 도봉산, 관악산, 수락산,
불암산, 청계산 등 그리고 시외로 행차하는
등산 인구가 휴일이면 이삼십만 명에 이릅니다.
등산 문화는 현대 도시인들의 중요한 생활 영역의
일부가 되고 있습니다.

화려한 색채로 패션화 된 등산복 출현이,
고도의 기술로 개발된 등산 장비가
사람들에게 등산 욕구, 유혹하는 동기부여까지 합니다.
산악인은 산이 있는 곳이면 국경 초월하여 찾아갑니다.
등산 문화가 국제화되고 있습니다.

지구상의 최고봉 에베레스트 등정은
등산인들의 선망의 대상입니다.
만년설로 태고의 신비 뒤덮인 히말라야 산맥
8천 미터 넘는 무산소 14개봉에
인간의 의지 실현의 깃발 꽂은 등산인은
세상의 스포트라이트 받으며 존경과
흠모의 대상이 됩니다.

허나 큰 꽃, 작은 꽃에 아름다움의 차이가 없듯이
높은 산, 낮은 산, 큰 산, 작은 산 아랑곳없이
산은 산으로서 그 멋과 아름다운 개성이 있습니다.
사람들은 자신의 생체 리듬, 생활환경에 어울리는
아주 합리적인 등산으로 생활을 즐깁니다.
그런데 이와 같은 등산 붐이 휴일이면
등산 인파 이루고 그 등산 인파로 인해
방방곡곡 명산들이 상처투성이로 신음합니다.
등로 길이 온 산에 이차선, 삼차선으로
신작로처럼 나 있습니다.

인적에 놀란 날짐승, 길짐승이 날마다 떠나고 있습니다.
산 속은 쓰레기로 오염되고 산 냄새, 산 소리가
병들어 가고 있습니다.
산이 좋아 산의 세계를
사람의 세계로 끌어들인 등산 행위가,
산을 사랑하는 등산 예찬이
등산 죄악으로 변질되어 가고 있습니다.

이제 예찬과 죄악의 조화가 필요합니다.
산과 등산인이 공존해 가는 등산 윤리,
환경 윤리가 필요해졌습니다.
어떻게 산을 오르는 것이 바르게 오르고
등산의 가치가 무엇인지
등산 철학이 나타나게 되었습니다.
등산 윤리, 등산 규칙의 제정, 제정된 등산 규칙의
성실한 수행 그리고 등산 철학의 전개는
앞으로 등산인들이 풀어 가야 하는
긴요한 과제입니다.

5. 천국의 산행 길

조용히 산길 걸어 오르면 현대인의 악우惡友들인
소음, 악취, 먼지, 스트레스, 하찮은 일들이
아침 안개처럼 사라져 갑니다.
집어 삼킬 듯 날 안아 주는 숲 속을
연인처럼 내 품에 안아 봅니다.
신비로운 산의 소리가 내 이름 연호한 듯 들려오고
싱그러운 산 냄새가 잔잔한 평화의 먹이 줍니다.
옹기종기 고개 내민 바위들이
침묵의 미소로 날 끌어당기고
정직한 나무들이 한결같이 환영의 춤추고요.

산 흙냄새에 취한 등산화가 산의 정기라도
이어받은 듯 탄력이 넘칩니다.
몇 번이고 올라와도 항시 난생 처음 느껴 본 듯
느껴지는 신선한 산 공기가 세속 홍진에 시달린
내 오감의 기능 봄볕에 새싹처럼 돋아나게 합니다.
고운 색채 물들여진 나뭇가지 사이로
하늘의 얼굴들이 반가운 미소 짓습니다.

창조주가 점지해 준 형상대로 들어선
산자락 계곡 준봉 능선이 조화의 힘으로
주변에 아름다운 풍경 이루며 감미로운
감동 줍니다.

그 풍경들은 탐욕 없이 눈길 주며
날 더 깊은 산 속으로 이끌어 갑니다.
고층 빌딩 아파트 숲으로 가려졌던 햇빛이
모처럼 초록색 나뭇가지 사이 찾아와
나와 달콤한 밀회합니다.
신선한 숲 속에 넘실거리는 싱싱한 자양분과
자연의 혈액 마음껏 끌어 마십니다.
어디선가 천사처럼 찾아온 시원한 산바람이
산 향 뿌리며 땀방울 씻어 갑니다.

넉넉하게 평화롭게 펼쳐 있는 산자락,
갖가지 운명들을 담고 있는 깊은 산골짝,
대지 침대 삼아 육중하게 누워 있는 연봉 능선,

천신天神이 맨 처음 내려와 발 딛는 산봉우리
찾아 오르며 경건한 마음으로 기쁨과 행복
주어 담습니다.
산의 정상에서 바라보는 풍경은 새로운 발견으로
이 땐 내가 이 세상 사람이 아닌 듯 느껴집니다.
이토록 성스럽고 아름다운 천국의 등산 길에는
항시 진, 선, 미 등불이 켜져 있습니다.

6. 푸름의 선율

천지 태워 버릴 듯 쏟아지는 삼복 불볕에
맞불이라도 놓은 듯,
미친 듯 탐욕스럽게 우거진 푸름들이
천지를 푸름으로 덮었습니다.
온 산이 푸른 바다가 되었습니다.
효녀 심청이 인당수인 줄 알고 풍덩 뛰어들까
두렵습니다.
대해의 파도처럼 너울거리는 푸른 산골짝에
어쩌면 연목구어緣木求魚가 이루어질 듯,
낚싯줄 드리우고 싶어집니다.

시간이 화염으로 타들어 가는 여름 피하기 위해,
아스팔트 도심의 지열 피하기 위해
빌딩 안에서, 아파트 속에서
시원 찝찝하게 에어컨 틀고 있는
현대 문명인들의 인위人爲가
청산 자리 삼아 능선 한 그루 소나마 밑,
무위無爲 속에 앉아 있는 내 눈엔

마치 손바닥으로 하늘 가리고 비 피하는 것 같다는
생각이 듭니다.

허나 손끝으로 문지르기만 해도 형체가
망가져 버린 연약한 푸른 나무 잎사귀들은
불볕 잠재우고 하늘을 가립니다.
여름의 황제 붉은 태양 물리치고
바다 속 같은 푸름 궁전 꾸며냅니다.
초록색 궁전 산책하는 푸른 여왕의 치마 끝에서
산 식구들이 튕기는 선율이 흐릅니다.
산골짝 노랑나비가 비집고 들어온
여름 빛 줄타고 춤추며 사랑 고백합니다.
그런데, 내 기쁠 때 기쁜 노래,
슬플 때 슬픈 노래 불러 주는
저 다정한 뻐꾹새 메아리만은
명년에도 찾아올지 을씨년스러이 번져옵니다.

7. 죽음의 미소

가을 산열매들이 익어 갑니다.
푸른 잎사귀, 이삭들이 곱게 쭈그러듭니다.
익은 열매들이 미소 지으며 떨어집니다.
난 산열매처럼 익어 가지 못하고
늙어만 가는 것이 부끄럽습니다.
절로 떨어지는 것을 거부하고
악착같이 매달린 내 자신이 슬픕니다.
쭈그러든 낙엽은 웃으며 평화롭게 굴러 가는데
낙엽처럼 쭈그러든 내 얼굴을
슬퍼하는 내 자신이 한심합니다.
가을 산은 아름다운 죽음의 미소 짓는데
난 죽을 때 일 분만, 한 시간만, 하루만,
더 살게 해달라고 몸부림칠까 두렵습니다.

난 사계절 가운데 유독 가을 산에서
참으로 벅찬 신비를 느낍니다.
곡소리로 장례 치루는 내 세상에는
죽음의 미소가 없습니다.

허나, 고운 단풍으로 물들여진 가을 산 식구들은
아름다운 죽음의 미소로 자기 세상 마칩니다.
여름의 하늘, 땅 뒤덮었던 초록색 나뭇잎사귀들이
한 세상 마치고, 낙엽으로 떨어질 때
그들은 무지개처럼 아름답고,
몸부림치는 석양의 햇빛처럼 화려합니다.
빨갛게 노랗게 주홍색으로, 자주색으로 물들인
‘붉은 여왕’ 의 얼굴은 화려한 미소로 가득 차고
나부끼는 치마 끝이 창공에 뿜어 올린 화염으로
이 세상에 아름다운 감동 줍니다.

귀양살이 갓 돌아온 가을바람이 알밤을 땁니다.
미련 없이 제 새끼 분만한 노란 밤송이가
단풍잎 나무순에 매달린 채 죽음의 미소 지으며
이 세상 내려다봅니다.
연정 호소하는 풀벌레 소리에 감동한 달빛이
다정한 가을의 미소 짓습니다.
정오의 햇살에 익어 가는 산봉우리도

들녘에서 종말의 찬가 부르며
너울거리는 황금 파도에
풍요한 미소, 실어 보냅니다.
난 언젠가 한번은 죽는다는 것을 알면서도
그 죽음이 왜 그토록 아쉬움, 두려움, 슬픔으로
각인되어 있는지 아쉽습니다.
가을 산은 자연의 생과 사, 자연의 기쁨과 슬픔,
자연의 이별과 고독을 평화로운 미소로
강물처럼 평화롭게 이어 보냅니다.

그들은 순리 좇아 자신의 고향, 여름 시들게 하고
삶의 시간 움츠려 드는 가을로 빠져 갑니다.
가을은 떠나는 계절이기에 하늘과 태양도
더 먼 곳에 자리하고 숲 속에 잔 물결 이루던
산새 소리 떠나가듯 산골짝 물소리도
불평 없이 수그러 듭니다.
단풍잎 노래하며 저승으로 떨어지면
향기로운 산 냄새도 숨죽이고

성취 매듭짓는 산열매들도
흐느끼는 가을바람 따라 절로 떨어집니다.
떨어지는 것은 죽는 것인데
그들은 노래하며 춤추며 떨어집니다.

8. 저승의 모습

난 죽음을 체험하지 못하였기에 죽음이
어떤 것인지 모릅니다.
죽은 뒤 저승의 세상 체험하고 다시 이승으로 돌아와
그 체험담 설명해 주는 사람 없기에
저승의 세상 어떤 것인지 이해하지 못합니다.
그런데, 난 산의 세계에서 산의 식구들이
봄여름 살아가는 이승의 모습 봅니다.
그리고 생에서 사지로 건너가는 가을을 체험하며
겨울 산에서 저승의 모습 봅니다.
다시 이승의 세계로 부활하는 봄의 산 맞이합니다.
산의 세계에서 강물처럼 이어져 흘러가는
생과 사의 윤회하는 모습 봅니다.

차갑게 하얀 수의 입은 생명의 시간이 정지된 겨울 산,
두터운 검은 구름 낀 날엔 저승사자처럼
까만 잡목들이 섬뜩하게 서 있다가
맑은 날엔 벌거벗은 나체촌이 되어 버립니다.
매서운 삭풍이 불어 닥치면 앙상한 가지들이

힘없이 휘어지며 지옥의 비명 지릅니다.
나체촌 구경하는 이방인처럼
군데군데 서 있는 소나무는
차라리 멋쩍은 이승의 상징이랄까?
얼음 속에 '미라' 가 되어 버린 바위들,
그토록 시원하게 울려오던 산골짝 물소리도
쭈그러든 잔해들과 뒤엉켜
얼음 속에 빠져 죽어 있는 듯 저승 꿈꿉니다.

겨울 산에선 소리가 죽고, 냄새가 죽고,
색채가 죽습니다.
발자국도 하얗게 지워 버립니다.
낮엔 온 산이 차가운 햇볕에
저항 없이 속살 드러내고
밤엔 차디찬 하늘 헤매는
달빛에 무력하게 젖가슴 맡깁니다.
보다 못해 다정한 자매, 하얀 눈이 내려와
안타까운 속 살, 젖가슴 덮어 줍니다.

저승의 세상에선 푸른 소나무도 하얗게 소복합니다.
저승의 세상은 고요의 대궐 속에서
이렇게 만유에게 하얀 수의 입히고
삶의 시간 얼어붙게 하나 봅니다.

겨울 산의 고요는 눈 내리는 소리 먹으며 삽니다.
저승의 고요는 하얀 눈 맞으며 하얗게 늙어 갑니다.
하얀 수의 걸쳐 입은 나뭇가지에 눈꽃이 핍니다.
눈꽃은 차가운 겨울 햇살에 눈부시게 반짝입니다.
허나 향기 없는 눈꽃엔 벌, 나비 찾아오지 않습니다.
차가운 하늘만이 눈꽃 세상 안아 줍니다.
눈꽃은 겨울 햇빛 은혜로움에 감사하며
눈물로 녹아내립니다.

허나, 시간이 정지된 듯
천하의 근원 고요만이 살고 있는 겨울 산,
이승의 세상에서 죽음은 종말이 아니며
저승은 종착이 아니란 것을 깨닫게 합니다.

생과 사는 윤회하는 한 과정이란 것을
산의 세계가 계시해 줍니다.
독한 겨울바람에 벌거벗고 봄을 잉태하는 나무들,
평생 푸름 벗지 않은 소나무,
흙 속으로 귀의하는 낙엽,
바늘처럼 예리한 겨울 바람,
고요 애무하는 하얀 눈,
향기 없는 눈꽃,
차가운 고독 안아주는 푸른 하늘,
은혜로운 겨울 햇빛, 눈 속, 낙엽 속,
산 흙속에서 잠든 벌레들,
제각기 나름으로 해야 할 일 성실히 수행하며
생사의 과정을 실천해 가고 있다는 것을
산의 세계가 가르쳐 줍니다.
소리 없는, 눈에 보이지 않는 섭리와 조화의 힘으로
생과 사가 서로 손 잡고 윤회하며, 부활하며
강물처럼 이어져 흐르는 과정이란 것을……

9. 부활의 현장

시간 멈추었던 겨울 산이 섭리와 조화의 힘으로
온기 부활합니다.
하얀 수의 녹아내리고 산골짝 바위 밑 흐르는
봄 소리가 생명의 찬가 부릅니다.
한 동안 장님이었던 나뭇가지에
수액이 되살아 흐르고
가지 눈 마디마디에
연녹색 잎망울이 부풀어 오릅니다.
대지의 자궁에서 산고도 없이 태어난 새싹들이
저승 이승의 소식 전하며 속삭입니다.
평화로운 미소로 깨어난 시간 타고
나지막이 내려온 햇빛이 산 식구들에
탄생의 기쁨 갈아입힙니다.
수줍은 산꽃들이 봄을 밝히고
연녹색 품에 안긴 산새들이 노래 부르니
온 산이 부활의 춤춥니다.

사월의 산은 사랑 노래하는 연녹색, 소녀의 산이어라!

화사한 봄빛에 나부끼는 어린 잎사귀들이
무지개로 물들인 비단 창문처럼 곱게 비칩니다.
푸른 보석으로 다듬어진 편린처럼 하늘거립니다.
푸른 여왕이 포근한 봄볕에 온 몸 맡기고
수줍음도 없이 가지 끝 싱그러운 향기로
이 세상 유혹합니다.
소녀의 가슴처럼 신선하고 순수하고 정숙하고,
사랑과 미소와 꿈으로 꽉 차 있는 사월의 산이여!
누가 사월을 잔인한 달이라 하였던가?
비록 그들 앞에 새로운 삶을,
곧 고통과 죽음의 길로 재촉하는 시간이
이제 막 함께 시작되었다 하더라도,
시월十月의 잔인 종말이 예고되어 있다 하더라도……
토실토실 부풀어 오르는 사월의 젖가슴,
막을 힘이 이 우주엔 없는 것 같습니다.
푸름의 천국은 오로지 소녀의 가슴이기에.

그런데 신이시여!

같은 대지 위에 살고 있는 나의 세계와 산의 세계는
어찌하여 이렇게 차별받아야 합니까?
산의 세계는 있는 그대로 윤회하며 부활하는데
내 사는 세계엔 부활 원하는 기도의 시간만 있을 뿐…….
허나, 난 깨닫고자 합니다.
나의 부활의 소원은 내 자신이 하고자 함이오,
있는 그대로가 아니라는 것을 ,
내 죽음엔 아름다운 죽음의 미소가 없다는 것을.

10. 생명과 죽음의 교훈

난 시간과 공간 속에서 생과 사가 서로 손잡고
여행하고 있음을 산의 세계에서 봅니다.
산의 식구들은 이승의 삶이든, 저승의 죽음이든
자신들의 생과 사에 평화로운 미소로
감사할 줄 압니다.
생사를 순리로 받아들이며 자기 세상 실현해 갑니다.
겨울이 봄을 맞이하면 저승은 이승으로 부활하고
가을이 겨울을 맞이하면 이승은 저승으로 부활합니다.
죽음도 부활이기에 산의 세계는 윤회하며 부활합니다.
시간과 공간이 살아나는 봄의 산,
시간과 공간이 성장하는 여름의 산,
시간과 공간이 죽어 가는 가을의 산,
시간과 공간이 죽어 있는 겨울의 산에서
난, 생명과 죽음의 교훈을 배웁니다.
난, 산의 세계에서 생과 사가
평화로운 미소로 강물처럼 이어져 흐르며
한 세상 이루어 가고 있음을 봅니다.

난 깨닫습니다.
태어남과 죽음은 나의 것이 아니고
창조주의 몫이란 것을,
나 한사람의 것이 아니고
온 인류 세대의 것이란 것을,
그러하기에 할아버지, 아버지, 아들,
손자의 세대로 이어져
인간도 윤회하며 부활하고 있다는 것을 …….
허나, 난 차라리 이성과 감정을 반납하고
평화롭게 너울거리는 한 잎의 푸른 나뭇잎사귀처럼
태어나 부활하고 윤회하며 살고 싶습니다.
춤추며 노래하며 떨어지고 웃으며 굴러가는
한 잎의 낙엽처럼
죽음을 웃으며 노래하며 살고 싶습니다.

나의 등산 철학

1. 등산 철학의 의미

나는 내가 이 세상 살아가면서 어떻게 살아가는 것이 바르게 살아가는 것인가? 바르게 살아가는 나의 행위 원리는 무엇일까? 나의 존재 가치는 어떤 것일까? 이러한 것들에 대해 생각해 보는 나의 욕구나 추구가 나의 인생 철학이라 생각한다.

마찬가지로 내가 등산을 할 때 어떤 자세와 마음가짐으로 산을 올라야 하는가? 등산이 나의 삶에 어떤 영향을 미치고 있는가? 등산의 가치와 목적은 무엇인가? 어떻게 산을 오르는 것이 가장 바르게 오르는 것일까? 이러한 문제들에 대해 해답을 찾고자 생각하는 나의 욕구와 추구가 나의 등산 철학이라 생각한다.

그러나 인생 철학에 무관심하고 등산 철학에 무관심하다고 해서 인생을 잘못 산다고 하거나 등산을 잘못한다고는 할 수 없다. 실제로 대다수의 사람들은 철학을 의식하지 않고 세상을 살아간다. 다만 그렇다할지라도 그 사람들도 각각 그 시대의 철학의 영향 하에 행동을 규제받으며 살아간다는 것이다.

난 간혹 애완견이 주인 따라 등산하는 등산 풍경을 본

다. 그 애완견은 혓바닥을 내밀고 헐떡이며 열심히 주인 따라 정상을 오른 다음 하산하리라. 그리고 피곤한 몸으로 집으로 돌아가 하룻밤 깊은 잠에 잠기리라.

나도 등산 초기에 이 애완견처럼 등산을 했다. 휴일 온종일 등산 인파 속에 끼어서 앞 사람의 엉덩이만 보고 산꼭대기에 도달했고, 하산할 땐 등산로 바닥만 내려 보며 돌아왔다.

온 종일 산을 오르고 내려 왔는데 기억에 남는 것은 아무 것도 없었다. 다만 이러한 등산 행위라도 아예 등산을 하지 않는 사람보다 조금은 낫다는 생각은 들었다.

2. 등산 동기

등산모를 쓰고 등산화를 신고 배낭을 멘 화려한 등산복 차림이 꽤나 나를 유혹했다. 등산 행위가 신선해 보였다. 산 속에 다른 세계가 있어 보였다.

등산 행위는 나의 삶을 한 차원 높여 줄 것 같았다. 난 나이 58살인 1988년 5월 14일 난생 처음 관악산을 올랐다. 등산 17년째인 2005년 1월 1일 용하게도 등산 횟수 601번째로 북한산을 올랐다.

등산 처음 3년은 산에 미쳤다. 휴일은 내 날로 정하고 보다 높은 산으로 보다 빠르게 야생마처럼 뛰어 오르내렸다. 그러나 기억에 남는 것은 별로 없었다.

그 다음 3년은 산에 대한 입맛이 생겼다. 산마다 개성과 특성이 있었다. 산의 개성에 나의 개성이 호기심으로 매료되어 한라산, 지리산, 설악산, 오대산, 소백산 등을 자주 찾아 올랐다. 그리고 서울 주변 명산을 찾아 일상 등산을 했다.

그 다음 3년은 산의 색채와 형상, 선이 보이기 시작했다. 산 소리가 들리고 산 냄새가 느껴졌다. 나의 느낌의 세계가 시작되었다. 산을 음미하기 시작했다.

다음 3년, 등산 10년째에 접어들면서 산이 보이고 숲과 나무가 보이기 시작했다. 산 소리, 산 냄새에 발을 멈추었다. 산 식구들이 눈에 보였다. 산과 내가 하나 되어 산의 아름다움이 태어남을 깨닫기 시작했다. 산의 신비와 아름다움에 있어 백두산과 금강산은 내 등산 세계에서 가장 숭고한 감동을 주는 성산이었다.

그 다음 3년 등산 12년째 무렵부터 산이 날 부르는 소리가 들렸다. 산의 마음을 읽으며 산 식구들과 산의 영혼과 대화하기 시작했다.

산은 육체와 영혼을 지닌 생명체이며 우주의 한 구성원으로 나와 함께 하는 동반자라는 것을 깨닫기 시작했다. 산에는 순수하고 소박하고 자유롭고 평화롭고 인자한 질서가 있고, 그 이법理法은 사람이 살아가는 규범의 근원이라는 것을 깨우치기 시작했다. 산은 나와 공존해 가는 존재이기에 산을 가족처럼 사랑하며 산이 병들면 나도 병든다는 이치를 깨달았다.

사계절이 윤회하며 부활하는 산에서 삶과 죽음의 교훈을 배우기 시작했다. 산은 악을 멀리 하고 선을 가깝게 해 주는 힘을 지닌 성지이다. 산을 오를 때는 성지를 찾아가는 마음으로 오른다.

3. 등산의 가치관

등산의 동기는 제각기 개인적이다. 산에 대한 등산인들의 느낌은 제각기 다르기에 등산의 가치관을 개념화하여 정의하거나 객관화할 수 없다.

한편, 일본 '산학연구회편' 등산 핸드북 시리즈에선 현대 등산가들이 갖고 있는 '근대 등산'에 대한 가치관 또는 본질론을 취급하여 다음과 같이 열거하고 있다.

가. 등산은 놀이이다.

정신적 육체적 긴장이나 이완에 대한 정신적 쾌감 또는 즐거움이란 것이 조건이다.

나. 등산은 스포츠다.

근대 등산은 광의의 스포츠적 등산이라기보다 협의의 스포츠다. 즉 학교 교육이 말하는 체육의 의미다. 정신 육체의 육성을 목적으로 한다. 레크리에이션이라 생각하는 것도 이에 속한다.

다. 등산을 현대사회의 인간을 기계화 하는
기구로부터의 도피나 저항으로 본다.
즉, 등산으로 하여금 현대사회의 기구 속에서 인간의
주체성을 도모하려는 것이다. 현대인의 고민이 그대로
반영되고 있다.

라. 등산을 자연과 인간과의 조화 융합을 도모하는
것으로 본다.
자연환경이 없어지면 인류도 멸망한다는 관념에 기초
하고 있다. 자연을 사랑한다. 자연을 동경한다는 감정도
등산을 뒷받침하는 기반이 되고 있다.

마. 등산을 인간의 예술적 행동으로 본다.
산악의 자연미가 인간 정신에 이입되어 예술, 문학, 회
화, 음악 등으로 표출된다. 또한 등산을 인간의 미적 표
현으로 보는 이도 있다.

바. 등산을 산악에 대한 인간의 원시적 신앙에
기인한 것으로 본다.
등산의 근원을 종교적인 것으로 본다. 역사적으로 산
악이 종교의 수련장으로 사용된 사실에 기초하여 그것을

등산의 본질로 보고 있다. 한편 등산을 민속학적으로 해
명하려는 사고이기도 하다.

　사. 보다 고난에, 보다 높게라는 등산가들의 표현은
　인간 생존을 위한 어떤 본능적인 투쟁 의욕의
　표출이라는 것이다.
　즉, 등산은 인간의 동물적 본능인 공격 정신의 표현이다.

　아. 미지를 추구하며 합리적으로 이해하려는
　인간의 합리 정신에 기초한 탐구 정신-
　과학 정신의 발로라 할 수 있다.

　자. 인간의 고민, 욕망, 의욕 등으로 피로해진
　정신을 정화(카타르시스)하는 행동이다.
　인간 정신의 레크리에이션으로서 가치가 있다.
　한편 이밖에 영국의 등산 문학가 프랑크 스마이드는
‘등산은 아름다움의 추구’ 라고 했다. 즉 산들은 그 선과
형태와 색채에 있어서 아름다우며, 그 순수함과 소박함
과 자유로움에 있어서 아름답고, 산은 우리들에게 안식
과 만족감과 건강을 가져다준다고 했다.
　위에 기술한 각항에 열거한 내용은 어디까지나 등산

개개인의 주관적 등산에 대한 가치관이다. 또한 등산가의 유형을 열거한 것이라 하겠다.

등산가나 일반 사람들에게 객관적 타당성을 지니는 등산의 '가치'는 위와 같은 주관적 '가치관'이 보다 진전하여 객관적 가치로 발전할 것을 기대할 수밖에 없다. 이는 등산가들이 이루어 내야 할 주요한 과제라 할 수 있다.

4. 사람과 산

가. 자연이란 의미

사람과 산의 관계는 인간과 자연의 관계로 이해할 수 있다. 자연을 협의로 해석하여 사람의 손에 의하지 않고서 존재하는 것이나 일어나는 현상 즉, 산, 강, 바다, 동식물, 비, 바람, 구름 따위를 자연으로 볼 때 인간과 자연을 주체와 객체로 분리하여 이해하는 것이라 할 수 있다.

그러나 자연을 광의로 해석하여 천지, 우주, 삼라만상 등 인간을 자연에 포함하는 의미로 해석할 땐 주객 미분리로 인간도 자연에 포섭包攝되는 의미를 갖게 된다. 요즈음에 이르러 생태계 사상, 우주 사상이 부각되면서 인간도 자연 속에 포섭하여 생각하는 경향이 일반화되고 있다.

나. 산이란 의미

옥스포드 사전에 따르면 주위의 토지면에서 '다소' 라도 급하게 솟아 인접한 장소의 높이에 비해 현저한 또는 인상적인 높이에 달해 있는 지표면의 '융기' 가 산이라고 설명한다.

산은 높기에 존경스럽다는 말처럼 산은 역시 높다는 것이 특징이다. 영국에선 높이가 2,000피트 즉, 600미터 이상일 때 산이라고 한다. 그러나 63%가 산지인 우리나라에선 해발 300미터 이상이면 산이라고 부르고, 그 이하는 높이에 따라 야산, 구릉지, 동산 등으로 이해하는 것이 무방하다고 생각된다.

산은 언제 어떻게 만들어졌을까? 45억 년 전 무렵에 생겨난 지구 역사와 그 뒤에 태어난 산과의 관계에 대해 현대 과학이 추정하는 바에 의하면 – 다시 말해 산맥을 만드는 운동, 미고결의 퇴적물에서 단단한 암석을 만드는 운동을 조산운동造山運動 이라고 할 때, 조산운동을 기점으로 한다면 산은 1억 8천만 년 전 무렵부터 만들어지기 시작했다. 그리고 산으로 융기하는 것은 6천만 년 전후로 보고 있다.

한편 사람은 250만 년 전 무렵에 생겨난 것으로 보고 있다. 따라서 사람과 산의 관계는 250만 년 전에야 시작되었다고 할 수 있다.

다. '등산' 이란 의미

'알피니즘' (alpin-ism)이란 말은 일반적으로 높은 산을 오르는 등산의 뜻으로 널리 사용되고 있다. 그러나 본래는 알프스 산을 오르는 등산이란 뜻을 내포하고 있다. 유사한 뜻으로 남미의 안데스에는 안데니즘 이란 말이 있다고 한다.

어쨌든 등산이 알프스에서 싹이 트고 이젠 안데스, 히말라야와 같은 보다 높고 험준하고 먼 곳에 있는 산들이 대상이 되어 감에 따라 알피니즘은 단지 알프스 등산만을 뜻하지 않고 세계적인 용어로 널리 사용되고 있다.

하지만 알프스 등산이란 의미의 내재 연유는 여전히 그 밑바닥에 깔려 있다고 본다. 그러하기에 알피니즘의 실천은 그 대상이 보다 높고 험준한 산, 암벽, 험한 빙산, 설산 등이어야 한다.

좀더 깊이 따지면 우리나라의 반들반들한 신작로 같은 등산로 따라 예를 들어 서울 주변 산 정상에 오르는 등산 행위는 알피니즘의 범주에 포함되지 않는다고 생각된다.

알피니즘이란 말은 '등반' 으로 이해하는 것이 무난하다고 본다. '등반' 이란 말은 매우 높거나 험한 산, 암벽 따위를 오르는 뜻이다. 그리고 '등산' 은 산을 오른다는 뜻이다. 그럼으로 우리나라에서 자기 생체리듬에 맞춰 생활 주변 산을 찾아 오르는 것을 등산이라 이해하고 산림욕장이나 평범한 산길을 걷는 것을 '산행' 이라 이해하는 것이 좋을 것이다.

끝으로 「알피니스트」(alpin-ist)란 말은 알프스 등산가 또는 일반적인 등산가란 뜻이다. 허나 역시 알피니스트란 뜻도 그 유래에 비추어 알피니즘의 뜻을 유추하여, 보다 높고 험준한 산, 암벽, 험한 빙산, 설산 등을 대상으로 오르는 등산가로 이해해야 된다고 생각된다. 따라서 우리나라의 일반적인 등산인에 대하여 알피니스트 정신을 가지고 산을 오른다는 말은 되지만 그 등산인을 알피니스트라 칭하는 것은 덜 되는 말이라고 생각된다.

라. 우리 민족과 산의 관계

한반도는 63%가 산지다. 우리나라 사람은 산 사람이다. 앞에도 산, 뒤에도 산, 오른쪽 왼쪽에도 산이다. 서울도 북한산, 도봉산, 관악산, 수락산, 불암산, 청계산 등으로 둘러싸여 있다. 지방도시도 산이 둘러 서 있다.

시골 마을은 거의 산기슭 주변에 자리하고 있다. 철도, 고속도로가 산골짝 따라 나 있다. 우리 민족은 산이 남겨 준 자투리땅에 씨앗 뿌리고 집 짓고 살아간다. 해와 달이 잎산에서 솟아오르고 뒷산 너머로 진다.

천제자 환웅께서도 하늘에서 태백산으로 내려와 단군 할아버지를 낳으셨다. 우리 민족은 산 속에서 태어나서

산 속에 묻혀 왔다. 산에는 조상의 숨결이 숨쉬고 있다.
산은 우리 조국이다, 산은 우리 고향이다.

마. 사람과 산의 관계

사람과 산의 관계 역시 사람과 자연의 관계 속에서
살펴본다.

1) 고대의 인간과 자연의 관계

고대의 사람들은 자연을 인간 이상의 큰 힘을 가진 존
재로 보았다. 초인간적인 힘을 가진 그 자연 속에 인간
도 포섭되어 있는 것으로 생각하였다.

자연은 인간이 정복할 수 없는 존엄과 경탄의 대상이
며 천신, 지신, 산신, 해신 등 추앙의 신앙적 대상으로
여겼다.

아리스토텔레스(그리스 철학자 384~322 B · C)는 자연
의 중심은 생명체이며 그 모든 변화는 생명의 실현 과정
으로서 나타난다고 하였다. 자연은 전체로서 볼 때 무질
서가 아니고 질서의 규칙성을 가지고 있다고 했다. 자연
에 포섭되고 있는 인간에 있어서 자연의 이법은 거역할
수 없으며 자연은 인간 생활의 규범의 원천이 된다고 하
였다.

즉, 인간과 자연은 자연의 우주적 질서와 일정한 조화적 관계 속에 있다고 하였다. 따라서 이와 같은 자연에 대한 사상이 깔려 있는 고대에는 등산이란 감히 생각할 수도 이루어질 수도 없었다.

2) 중세의 인간과 자연의 관계

중세에 이르러 자연과 인간의 관계는 변화를 가져왔다.고대에는 인간이 자연 속에 포섭되어 있는 것으로 생각했으나 중세에 이르러서는 인간은 결코 자연 속에 포섭되어 있는 것이 아니고 자연과 인간은 모두 함께 최고의 존재인 신에 의해 창조되었으며 신에 종속되어 있는 것으로 생각하였다(종교, 기독교 사상).

즉, 인간과 자연은 모두 신의 지배를 받으며 신의 힘으로 영위된다고 생각하였다. 다만, 그 가운데서도 인간은 자연보다 뛰어난 존재로 보아 신에 의해 구원을 빌아야 하는 존재로 보았다.

3) 근세의 인간과 자연의 관계

그 다음 근세에 이르러서는 자연관과 인간관은 더 큰 변화를 가져왔다. 인간은 자연 속에 포섭된 존재가 아니며 신에 종속된 존재도 아니다. 인간은 무엇에도 종속되는 존재가 아니고 독립된 자기 자신일 뿐이다. 이제 자연도 신도 아닌 인간이 중심이라는 사상으로 변했다(인간중심 사상).

이성을 가진 인간이 '만물지영장' 이라는 사상으로 굳어지게 되었다. 등산 행위도 인간중심 사상이 깔려 있는 근세에 이르러 자유롭게 이루어지기 시작했다.

홉스(영국의 철학자1588~1679)는 '아는 것이 힘이다' 라는 근대 자연과학의 원리와 방법을 적극적으로 섭취하면서 자연을 기계론적으로 보았다. 객체화된 자연은 인과 因果의 법칙에 의해 움직이고 인간은 인과법칙을 바르게 이해하면 자연을 정복하고 유용하게 이용할 수 있다고 보았다. 인간의 이익을 위한 자연의 파괴는 불가피하다고 생각하였다.

즉, 자연의 가치는 인간을 위한 유용성의 대상으로서 존재하는데 있으며 여기서 자연의 기계론화는 인간의 구체화 인간중심주의의 성립을 낳게 하였다.

4) 19세기의 인간과 자연의 관계

19세기에 이르러 독일의 철학자 헤겔(1770~1831)은 자연과 인간의 관계를 홉스의 기계론화로부터 유기체론으로의 회복을 도모하였다.

즉, 정신과 자연과의 일체화를 추구하였다. 자연은 전체로서가 생명이며, 각 부분 여러 모멘트도 생명이라는 것이다. '자연은 자유를 갖는다.' 라는 것은 정지靜止하는 존재가 아니고 생성한다는 의미다.

하지만 헤겔은 노동을 인간의 본질적 영위로 보면서 자유의 획득을 일면 자연 정복 속에 두고 있기에 그의 이론의 전체 구조에 있어 자연과 인간의 유화의 점에선 일정한 한계가 있다고 한다.

5) 현대의 인간과 자연의 관계

끝으로 현대에 있어선 자연과 인간의 관계에 대해 기계론과 유기체론을 상호 배타적으로 보지 않고 상호 조화될 수 있는 것으로 보고 있다. 유기체론도 그 일부로서 기계론을 포섭한다. 이는 인간 중심주의에서 생명 중심주의로의 진환을 의미하고 있다(생명 중심 사상).

환경 윤리의 문제가 여기서 제기된다. 특히 요즘에 이르러 인간과 타의 생물, 지구상의 타의 존재와의 관계를 윤리 문제로서 다루고 있다. 토지, 물, 대기 등의 자연 환경을 기반으로 하여 식물, 동물, 미생물에 이르기까지 생명 연쇄와 순환이 문제로 제기되고 있다(생태계 사상).

물의 증발, 구름, 비, 기온 조절, 그리고 비가 내려 생물의 영위를 가능하게 하는 과정으로서 이어지듯, 무생물의 세계를 포함하여 지구 자체에 어떤 종의 순환과 그에 의한 정화의 생명계를 생각하는 데에 이르고 있다.

여기서 '가이아' 의 가설로서 생물과 그 환경 사이에 '지구 자신이 기상과 화학물질의 구조가 생물이 살아가는데 적당하고 안정된 상태로 자동적으로 보존해 가는 능력을 갖는다.' 라는 예를 들 수 있다.

이와 같이 생물체와 그 환경과의 관계를 생태계라 하고 그 순환을 생명계라 한다면 그것을 파괴하지 않고 보존해 가는 일, 파괴된 것을 회복시켜 재생시키는 일. 이러한 문제들이 환경 윤리 문제로 자동적으로 나타나게 된다. 결과적으로 자연과의 문제가 제기된다.

즉, 인간과 자연의 관계는 고대에는 인간이 초월적 위치에 있는 자연에 포섭되어 살았다. 중세에는 자연과 인간이 다함께 만물의 창조주인 신에 포섭되는 종교적 신앙 속에서 살았다. 근세에 이르러서는 이성을 가진 인간이 신으로부터 독립하여 자연을 지배하고 자연을 유용하게 이용할 수 있다는 인간 중심주의 사상 속에서 살았다. 현대에 있어서는 인간 중심주의에서 생명 중심, 생태계 중심으로 인간과 자연이 공존해 가야 한다는 사상에 이르고 있다.

특히 최근에는 우주 사상의 부각으로 인간이나 태양계, 기상, 물, 땅, 산, 바다, 동식물 등 삼라만상이 우주의 한 구성원으로서 동등하게 공존해 살아가야 한다는 사상이 부각되고 있다.

참조
「자연관의 구조와 환경 윤리학」, 藤原保信저,
「능산핸드북시리즈」 일본산악연구회편,
「현대인의 인간관」岩崎武雄저,
「풍경, 공간, 지각」白石太郎, 土田 良一공저.

5. 등산 윤리

등산 윤리를 이해하기 위해 사람과 산과 등산의 관계를 살펴볼 필요가 있다. 등산인은 사람과 산이 동등한 우주의 한 구성원이며 지구의 한 가족이라 이해하면서 산을 단순히 등산의 대상으로만 생각하는 경향이 있다.

산을 등산 문화 욕구 충족을 위한 유용의 대상으로 삼고 있다는 것이다. 이러한 생각에 입각한 등산 행위가 등산 인파를 이루고 그 등산 인파가 산에 엄청난 상처와 재앙을 입히는 결과를 낳고 있다. 여기에서 등산 행위에 대한 자기 규제와 등산 윤리가 자동적으로 나타나게 된다.

도덕이나 윤리 문제는 이제까지 인간 상호간의 문제로 국한되어 왔다. 그러나 자연과 인간이 당위적으로 공존해 가야한다는 현실에서는 윤리 문제가 자연과 인간의 관계에까지 자연스럽게 확대되어 갈 수 밖에 없다.

그런데 인간은 이성을 가진 지적 동물로서 다른 생물이나 무생물에 대해 압도적 위치에 있다. 따라서 자연과 인간이, 산과 사람이 우주의 한 구성원으로서 동등한 위치에 있다면 서로 간의 이익과 권위를 위하여 서로 간의 자기 규제가 필요하게 된다.

지구상의 생명체 생태계의 장래가 이성을 가진 인간의 자기 규제에 달려 있다. 인간이 다른 생물이나 자연 환경과 충돌할 경우 상호 조정해 가는 윤리, 규칙이 필요하게 된다.

등산인과 산의 관계에 있어서 산의 보존과 인간의 등산 욕구를 조절하는 등산 윤리의 정립 또는 등산 규칙의 제정이 필요하게 된다.

생태계주의 하에선 동물, 식물, 삼림, 하천, 산, 바다, 토지 등의 '자연물의 권리' 란 문제가 제기 된다. 의식도 없고 도덕적 판단도 못하는 이들은 도덕적 주체가 될 수 없다고 본다. 그러나 그들은 권리의 주체는 될 수 있다고 보고 있다.

인간은 그들을 대리하여 환경 주체인 자연계의 권리의 대리인으로서 그들이 입게 되는 권리침해에 대해 소송을 제기하고 배상, 재생 보전을 청구할 수 있다. 예를 들면 오염파괴에 대한 즉, 하천이나 산이나 산림의 권리회복을 요구할 수 있다.

이러한 의미에서 우리나라에서도 일부분이긴 하지만 환경평가제도나 환경 범죄 처벌이 이루어지고 있다. 환경 주의 생태계 주의 하에선 등산 인파 또는 등산 개개인의 등산 행위로 인하여 산이 파괴되는 것을 방지하기 위해 등산 윤리의 정립 또는 등산 규칙의 제정이 긴요한 과제가 되고 있는 시점이다.

우주 사상이 부각되고 있는 요즈음에 이르러 인간이 끝내 E.T 즉 지적 외계인을 발견하지 못하거나 이성을 가진 지적 동물이 이 우주에 인간밖에 없다는 사실이 확인될 경우 또는 확인될 때까지 인간은 이 우주를 성실하게 관리해 갈 위대한 도덕적 책임이 있다고 하겠다.

6. 나의 등산 철학

당신은 왜 산을 오르십니까?

나는 산이 좋아서, 산이 아름다워서 산을 오른다. 난 산 냄새가 그립고 산의 소리가 듣고 싶어 산을 오른다. 산에는 진, 선, 미 등불이 켜 있고, 천사들이 살고 있으며 나의 성품과 인격을 도야해 주는 곳이기에 산을 찾아 오른다.

산은 소박하고 순수하고 자유롭고 평화롭다. 산은 사람이 이 세상 살아가는 이법理法을 제시해 준다. 난 산을 신성한 성지로 생각한다. 산을 오를 때는 성지를 찾아가는 마음으로 오른다.

광기 어린 문명과 문화의 열병 속에서 오염된 내 육체와 정신을 산을 찾아 오르내리며 정화한다. 산에서 느끼고 깨닫는 자연의 이법을 내 생활의 지침으로 유용한다. 산이 나 되고 내 산이 되어 서로 하나 되는 사이에서 태어난 산의 아름다움은 나에게 행복과 기쁨을 준다.

그러나 등산 예찬이 등산 죄악으로 변질되어 가는 현상이 고통스럽다. 요즘 난 폭발적인 등산 인구 증가에 따른 등산 인파로 명산들이 온몸에 상처를 입고 신음하는 통곡 소리에 가슴이 찢어지도록 고통스럽다.

이제 등산인은 산을 오를 때 자신의 이성을 통한 자기 규제로 산의 동의를 얻어야 한다. 산은 사람의 침입을 경계한다는 권리의 주체는 되어도 그 권리를 행사할 수가 없다.

이성을 가진 인간이 대리하여 산의 권리를 주장하고 대처해 가야 한다. 등산인에게 산의 보존과 등산 문화 발전을 함께 도모하기 위하여 등산에 대한 자기 규제의 필요성이 당위적으로 요청되고 있는 시점에 있다.

사람과 산의 공존을 위한 자기 규제로서 등산 윤리의 정립, 등산 규칙을 제정해야 한다. 명산마다 지형과 계절 기후에 맞추어 등산 인원의 적정선을 정하여 무질서한 등산 인파의 행렬을 사전에 제한해야 한다. 그리고 어떻게 산을 오르는 것이 가장 바르게 오르는 것인가? 등산 자세, 등산 용구, 등산 방법 등도 정해 가야 한다.

위와 같은 나의 생각과 느낌과 추구가 나의 등산 철학이다. 알프스 산 에베레스트 산 주변 국가에서 아직 산과 환경보호 측면에선 미흡한 점이 많지만 나름대로 등산 규칙을 제정하여 등산인으로 하여금 이를 지키게 하고 있다.

우리나라도 등산인들이 중심이 되어 등산 윤리를 정립

하고 등산 규칙을 제정하여 이를 성실히 수행하게 하여
아름다운 산을 후손들에게 물려주어야 한다.

友岩 黃義杓

1931년 10월 13일 출생한 저자는 1955년 서울대학교 법과대학을 졸업하고, 기업체(16년)와 언론계(28년)에 종사하였다. 58살인 1988년 5월, 난생 처음 관악산을 오르면서 등산과 인연을 맺고, 어언 18년을 산과 벗하며 지내고 있다. 사계절 윤회하며 부활하는 산에서 삶과 죽음의 교훈을 배웠고, 지금도 665번째 산을 오르며 산을 오를 때는 성지를 찾아가는 마음으로 오른다고 한다. (편집자)

당신은 왜 산을 오르십니까?

지 은 이 황의표
펴 낸 이 장인행

인쇄 2006년 9월 10일
발행 2006년 9월 15일

펴 낸 곳 깊은솔
주   소 서울특별시 종로구 구기동 85-9번지 인왕B/D 301호
전   화 02 · 396 · 1044(대표) / 02 · 396 · 1045(팩스)
등   록 제1 · 2904호(2001. 8. 31)

ⓒ 황의표. 2006
ISBN 89 · 89917 · 18 · 2 03810

값 9,500원